趕在無聲之前

跂之

yasmin samaye subhūte bodhisattvo mahāsattvaḥ prajñāpāramitāyāṃ carati

tasmin samaye māraḥ pāpīyān paramaśokaśalyasamarpito bhavati

即使是一把尺子

足以量度的劇變

一、起源

這裏憑空出現了一條直線。不能說是突然，因為誰也沒法說清這條直線憑空出現了多久。許或它於上帝創造萬物時已經存在，或萬物被創造前已經存在？——存在為何不能先於創造——若沒有這種觀念存在，又怎能創造出這種東西？這種東西並非不存在，它只是存在於另一種狀態——若你相信萬物由上帝創造的話，即毀滅後的一切創新、發明，都離不開上帝的全知，那麼一切都只不過是發現，在等待發現而已。如此，憑空出現與早已出現便完全沒有矛盾。例如你說上帝是公正的，也創造了公正。公正是一直存在的，只是未被發現，或憑空消失罷了。不公正便有了未能觀察的說辭，也有了被失去的理據。

同時也沒有憑空出現這回事。這條直線理應是一直存在的，自最初至現在。不過你要看到它，就需要觀察。觀察它，它便存在；不觀察它，它就存在於一種不存在的狀態之中。這不是甚麼新奇之論，佛教的境由心造——它不是不存在，但它是由你的根器和意識變現而存在。你須承認現象的存在，但當你沒看見它或想起它，你也無從確認這你所忽略的是否存在。一個你毫不認識的人在幹你毫不認識的事，該人該事是否不存在，或是否存在？宗教以外，科學如粒子的測量已證明了相同的特性。你測量它，它便可見；你以怎樣的方法測量它，它便以怎樣的形式可見。

故此這條直線，當你意識到它消失，你便看到它存在；當它存在，你便會因過於習以為常對它視而不見，彷彿它並不存在。就像上帝，你有需要便感覺到祂存在；你忘記祂，那麼上帝於你忘記祂時便不存在。上帝於此含義上被客體化為現象。時間、空間也是相同的情況。

我們習慣了把時間視為客體看待，以至我們甚少想到，時間作為客體以外，時間作為主體的時候，時間是怎樣的。說它如何運行，是把它視為客體去描述；說它是先驗也是客體，說它可以被重力扭曲也是客體，說它能改變任何事也是客體。同樣，我們視上帝為我們祈求的客體；是我們去認識祂、形容祂為全知全能，俱是從觀察祂的角度而言。那麼，上帝作為主體的時候是怎樣的？同樣，你說你看見一條憑空出現的直線，你陳述的是客體。那麼，一條主體的直線是怎樣的？進一步說，若這條直線有主體意識，我們應如何作為客體被它所理解？說我們是時間的過客，你沒有主體化時間，只是在客體化時間之上再客體化自己。

說測量才看得見它，那是人類的傲慢；有求上帝才存在，那是人類的原罪。人必須有這樣的覺悟，才是真正的謙卑。不要說這條直線無端出現，而是我無端出現；不是我量度這條線，而是我任何量度的方法都是錯誤的；不是我們明白這條線的常恆，而是這條線習慣了人類的方生方死。它並不需要你去習慣它，它就存在於它的存在裏。它的存在不需要你去觀察、評定，它就那麼出現在這裏，剝掉了這裏、消融了在、否定了出現、滑稽了那麼、刪除了就、也不是它。

二、歷史

偏偏是恆久出現的東西，歷史便沒有記載。正如這條無始時來便無從忽視的直線，在歷史中沒有絲毫的記載。歷史喜歡記錄災難、異象、特別好的、和特別惡劣的。

不特別的不值得記載？沒有不特別便沒有特別，特別依不特別而存，不特別是特別的主體，但主體反而不被記載，更被它對照出來的客體佔據了概念的正面，然後把不特別隱去，這是一種甚麼的動機。

所謂治亂興衰，治是相對甚麼而言治，亂是相對甚麼而言亂？治亂並不相對，它們之間，當有一個不治不亂的主體，以顯治亂。似乎此不治不亂才是值得記載的東西，卻似乎刻意被隱沒，彷彿歷史的敍述是有意要我們忘記，這種超越時代的狀態。也許歷史之稱為歷史，因為它從不是主體的自敍，敍述歷史時，一切都變成客體，那麼歷史是誰的自敍？

事理要說清楚，因為從前說得太模糊——說得模糊，因為此刻不能說得太清楚。

異象是一種虛構的粘連。若讀了歷史，你信以為異象代表奸邪會得到報應，其實上天是在懲罰你的天真，而非上天真的會任真而行道。異象都是曲的，如近日時常發生的雙虹、日暈、月蝕、水捲、冰雹——除了天氣本身，有甚麼因此而改變了？社會安寧時，以上這些叫自然現象，不安寧時叫異象而已。異象不外是一廂情願的稱呼，把天空客體化，妄想天空變成游俠，以不正當的手法對治自己無法改變的現實，以曲制曲。這些都是不曾發生過的事，卻寫進了歷史。

可見人總存念於不存在的常，以虛構的希望對治異常，即俗諺所謂的望天打卦、千載不變、明天更好之類。當一種真實的常存在，而就在他們眼前，如這條直線一般時，他們反無法視之為常。

歷史學家當能指出，只有接受和反抗兩途。一旦接受以異常為常，便永遠無法回到從前。同樣讀歷史而劣者，他們學盡歷史的糟粕去迫害人，這樣的人與最優秀的人一樣稀少。同樣讀歷史而最劣者，是絕大多數的愚人，一開口就歷史長河，勸說別人等待和忍受。

要在互相設置的客體世界中保存主體，在動機詭譎的歷史中變成主體，在有人希望你成為客體時堅持自己的主體性。不要在任何時間被敘述。這條直線不會在乎自己有無被記載，而歷史根本不會記載，但你當了悟它的存在。

三、辨似

與此直線相似的有很多，須一一辨明。首先，它不是任何二維空間的一部份。當我們嘗試了解自己，必然會以所處身的環境作參照。例如地理、民族之類。天文學家認識地球，必然會陳述地球在太陽系哪裏，太陽系又在銀河系哪裏、銀河系何時與仙女座相撞、銀河系又在宇宙的哪個方位、宇宙有多久遠、有沒有另一個宇宙、上帝又在管理哪一個層面的世界，之類。說地球的獨特，端視能否找到另一個類地行星，找到了便不獨特，或尋找二者的差異去再定義獨特。這種方法他們稱為認識自己，然而都是從別人的角度去定位自己。要認識自己，為何不直接在自己中了解自己？從別人的角度定位自己，其實叫作認識身份，而非認識自己。身份這個份很有意思，份是一種無法選擇的關係。的確，你出生在哪裏、於甚麼家庭、甚麼時代皆是份，但不應視為應份。這條直線在人類的三維空間被看見，難道這條線就只屬於三維，只能在三維空間理解？在二維世界，這條線就是一切本身；在一維世界，這條線就是上帝或者永恆。此世界何必只是三維世界，雖然有人很想使你相信，透過教育、異象、恐懼、情愛，使你相信只有、只能和只是。

一條直線為何必然是三維空間中兩個點最短的距離，為何是組成平面的成份，為何必須依附於連結的點。它不必被我們稱為線而存在。人總是喜歡以自身的限制理解永恆，這是無可厚非。但若視理解為永恆，視別人的說法為真實，不但不得其真，甚至本人都成為了虛妄。

它是一條無限延伸後仍然是直線的直線。光會受到重力影響而彎曲，它不會。它也不是一種理想中的直線，理想中的直比任何形而下的直更易被扭曲。不要把理想這東西想得太完美，它脆弱得很。偉大的人偉大是因為能夠堅持理想而非理想這東西有任何堅硬的地方。

在三維世界中，有時要讓直線存在，反而要懂得把它扭曲。例如希臘的神廟，它們的線條看上去那麼直，因為它們是彎曲的，稱為視覺修正。越長的透視直線，中間會越呈凹陷，故工程師需要把線條反方向隆起，人眼便可以得到完美的直線。你給人一條直線他視為曲，你給他一條曲線他視為直，故許多時候直不能以直說。

細想，世上一切均是曲線，因此必須警醒，我們以為的直，或許都是障眼的幻覺。均是曲線，肌理是曲線、人體有哪條不是曲線、萬物有甚麼不是曲線，乃至想法、現象、下墜的雨點、折射的陽光，有甚麼不是曲線。直皆只是近似，不是所謂的相對，而是根本不直。於是，人思忖直只存在於理想之中，殊不知理想中的直也是曲的，像上帝那一圈頭光。誰能告訴別人他理想中的直是徹底的直？於是人想到了上帝，上帝的公允必然是直，那又無疑是再次落入以理想幻想理想的思維陷阱，視上帝與永恆的公義為客體的客體。明明現在這條直線存在，人們卻視之為無，從虛無中尋找只能夠說是相似的東西，即所謂捨本逐末。

直不存在於理想，它存在於當下。你不必尋找，只須承認而且正視。它的存在超越形而上下，稱為真實。

真實是無所依恃的，不像其他的直線需要支撐，就如人到中年，就越覺得生命只是形而下的由別人的一部份拼湊而成。或者生命就像被綁滿了線，被每條線拉扯成現在不動的形狀。只要有一條線鬆脫，整個平衡便會重新被拉扯成新的平衡。

這新平衡說穿了就是不正常、是變態、是不公義，會拉出不同的曲線，把你拉得面目全非。就像一條折彎了的鐵線，怎樣也沒法把它折回原形，只會越折越不對勁。然而，必然會有人告訴你這種新平衡就是平衡，是當下最完美的平衡，你要學會習慣和接受。你不能阻斷任何人這麼跟你說，你也許需要無奈接受，但千萬不能習慣。

四、偏執

這條直線就這樣無用的在這裏，於是凡人就為它添加一些實際的用途：在這條直線上劃上刻度，那麼舉起手便可以隨手量度。聽說許多量度單位的來源都是很隨意的，被說成準則就成為了準則。此外，有些線想知道它直不直，就拿它到這條直線旁邊比一比。事實除了這些，人也沒法再賦予它更多的用途了。它可以量度極微，只是凡人無法在其上標出這樣的刻度；它可以量度永恆，只是凡人無法搬動它去量度光年。因此它只能夠用來量度厘米、或一碼布料之類，或比對可掬於手而可見的曲。

即使上帝能如你的願，你又能要多少？看見直線，你只能想到比較；看見上帝，你又能有多少想像。有些睿智的童話說，燈神給你三個願望，到第三個願望時就說我想要你所有的能力，差一點的就多要三個願望。你得到了如此神力，又可以做到甚麼？你要創造另一個宇宙，乃至平行宇宙，這些構想就離不開你的經驗、現世、或現世有限的認知。你以拼湊的方式創造新事物，也不過是基於現有的所謂創意。此即所謂一切都歸於上帝的全知下，你能夠創造出甚麼新的價值、新的公義？

即使是現有的公義，有誰能夠運用這條直線去量度公義，像埃及那個阿努比斯，以一條羽毛的重量來量度正直？倘你怪上帝創造了罪惡，不如抱怨祂扣起了絕大部份人站在巴別塔頂端的視野。人類把它稱之為偏執。

你渴望世界有正直，你心裏必然有一種正直。然而這正直是否有限，心裏這種正直的來源是甚麼。是否羨慕別人在正直下活得好，所以期待相同的正直？是否從前你所身處的地方有正直，現在憑空失去，因此你只能心存正直？如是，你追求的是正直，抑或是你所關心的福祉？雖然後者無可厚非，亦與前者並無牴觸，但二者都不外是把正直視為可以比較的客體，或可祈求的上帝，而非了悟它是主體。你若只看見它的好處，那你追求它的用意，與一個獨裁者追求獨裁有何別異？

有人說，我要以我的生命求取正義，你是借正義成全你的生命，還是把你的生命視為公義的客體？更不可以說我等同公義，那麼你就是把公義視為客體，限制在你的偏執以下。我是道路真理生命，這只能由上帝去說，其合理性建基於全知全能、上帝就是一切的意思。作為人，無限的公義是無限的公義的主體，有限的你是有限的你的主體，故無所謂你有你的公義、或相對的公義、或有特色的公義。此直線之作為主體，絕不會因你的有限而增損，只有人類因其偏執而增損自己。人類必須知道自己的能力和使命，以及自身和客觀環境的限制。知此，就沒有人能剝奪你生命主體的自由。我明知阿努比斯的不公允，我明知那根羽毛不公允，我明知那個天秤不公允，我盡我所能去直面它，抵抗它而不為我自身的好處，我就是徹底的自由。耶穌明知父將沉默但祈求撤下苦杯，那刻的耶穌比十字架上的耶穌更自由，是祂最神聖的時刻。

也許此刻我們會比較明白這條直線，它現身於這世間，必有它的使命，而非我所賦予它的意義；它有它的能力，而非我所賦予它的功用；它有它的限制，而非局限於我的偏執。明白上天給我的能力，同時明白是同一個上天給我甚麼的限制；明白在限制中我的能力的意義，最終明白我在此世間的使命是甚麼，此即所謂知命。然而有此領悟是蒼涼的，領悟是一種徹底的孤獨，如同這條直線毫無掛搭的在這裏，你的主體只能夠由你去了解。

五、無聲

這條直線永遠是直的，它不可能像琴弦，能靠挑或者撥、敲打或磨擦，去發出任何曲線的頻率。我們知道線越長，聲音就越古老，但這條線是甚麼聲音都不會發出。銅像你敲打它，它會發聲，但這條線是無聲的。無聲不是沉默，沉默是可發聲但沉默，無聲是無聲但無聲是一種強力的表達。

它的能力就是它的限制；它的限制就是它的能力。若上帝的意義是永恆，那永恆之後，祂還有沒有其餘的意義。若上帝是全知，祂是否有機會領受祂所創造的疑惑。若上帝是全能，祂有沒有全能以外的可能性。不完美的人反而有點庸愚的生趣。

上帝會猶豫嗎？我不知道。我只知道人會因其非全知全能而猶豫，因上帝扣起的能力而迷惑。上帝會迷惑嗎？作為我們想像中的祂不會。但如果我們放下對猶豫或迷惑的負面執念，猶豫與迷惑反而是非神的主體特徵。進一步說，上帝會犯錯嗎？那是上帝才知道的事，而這是從來無聲的。我們只能以自己的方式去理解，因不悅而毀滅有多對、在有限的選擇中給予自由意志有多對、創造了祂需要救贖的物種有多對。

真實都是無聲的，從來真實都不用言說去表達自己，它的運行、它的意義、它的使命、它的優點、它所帶來的災難等。即使是人類，對於他們所犯下的錯誤，只能牽掛、拒絕、淡忘或無法淡忘。

這種無聲，近乎一種宗教上的懺悔。

反之，說得出的懺悔，正如說得出的貢獻，或說得出的愛，還是需要審慎為宜。說出來的懺悔，是加害者把受害者身份偷換過來、奪取道德高地的手段。我已經真誠懺悔過了，責任就來到受害者那邊，你要決定是否原諒。受害者的情況變得被動，以至於去到不原諒他是否我的錯的境地。擅於懺悔就能逆轉情勢：作惡者變成了不被原諒的可憐人，可以好整以暇地等待對方方反應。於此突顯了一種非人格的契約關係的重要，讓作惡者的懺悔只能成為審判量刑後的恩恤，而不一定需要考慮或回應。

說得出的貢獻就是說，我已經做了這麼多，再議論就是你過份了。因此請你沉默，沉默不是無聲，而是有聲而噤聲，或被噤聲。你看這些成就，要達至更高的成就，你就適宜忍耐、在共同的目標下咬緊牙關、把個人的利益放在一邊，為的是大眾的好處。作為噤聲的工具，莫過於把噤聲的責任交給受害人，而最有力的，就莫過於愛。我愛你，因此請你犧牲；你應當愛我，因此請你噤聲。若你問為何以感情取代理性判斷，那就觸犯了安全，因為你發現了不該發現的機械原理。

所以上帝對懺悔無動於衷，是終極的公允。無傷害的愛，才是真正的愛。人要用多久、傷害一個人有多深，才明白這種無聲懺悔的意義。人也要多久才明白噤聲，是因為從前聲量太少。

六、假直之惡

多少人假愛而行惡、假成就而滅聲、假懺悔而凌虐。凡是主義，都是視分析對象為客體、為建立理論的扶壁、為統計的數字，壓抑了個體的主體性。一個建築師建成的作品，為甚麼老是要它歸類為某某主義？建築師說他從來不信奉主義，然後你說作者已死。凡忽視個體的都是邪惡的，凡稱道眾的都必定有理論上的缺陷，耶穌所驅趕的鬼叫作群。

因此記著：直是主體，我們每個人都是主體。有人會用盡辦法把你變成客體，或用客體的語言詮釋你，直至你也相信自己只是客體；或把這條直線詮釋成客體，再用它來量度你，將你定性為客體的客體。當你變成客體，或更遙遠的客體的客體，一切「被」便可在你身上寄生：被規劃、被佔據、被切割、被犧牲，不潔的愛往往如此。

惡會把你判罪，以一個你熟悉到不曉得的名義，如誠實、安全、尊敬。目的是讓所有人懂得，只求安穩，不問原由；看得見那條直線，卻活得像個原始人。

人世間這樣的假直之惡是沒完沒了的，這是客觀的限制，理性的時代只是偶然。在種種限制中，人更加需要緊記，只有你是你生命的主體，有我的能力，就必有我的使命。最惡劣的時候，即使無聲，也要存在。

4-11-2020

傳說（傳說：由事實的大部份被遺忘而來。每個時代都有那個時代需要遺忘的部份、或增加的部份。因此說，每個傳說都有它是事實的部份，）這條河是在一夜之間由一條寬闊的大河變成細流的。那一夜，河水突然被兩邊的河基迅速吸乾，（河水被河基吸乾：這裏刻意不運用修辭。課本說，修辭能令形象更具體、更鮮明、更突出，）水流到村邊，本來足以撒網捕魚的江面，只剩下剛能淹沒一個水桶的高度。停泊的船都擱淺在河基上，不是向左側，就是向右倒。露出的河基黑漉漉的，正在散發出一種腐爛的氣味。

傳說在河流消失時，河流發出了一種極怪異的聲音，就像鄰人故意把水龍頭扭得很細，（鄰人故意把龍頭扭細：往水桶滴水，這樣的水流便不會推動水錶，可以用水，也可以欺騙世界，）水管內發出如同喉嚨被勒住、舌頭伸出滴著唾液的咯咯聲，只不過巨大得多。村民在睡夢中被這毛骨悚然的聲音驚醒，聽得彷彿自己也快要窒息一樣，也顧不及衣著儀容，蓬頭垢面，紛紛跑到河邊察看，只看見他們自出生便賴以為生的河流憑空消失了。他們把耳裏的聲音聽得很清楚，正如他們耳裏的聲音那麼清晰。他們的意識正與一切他們意識到的現象化為一體，因此無法對任何現象反應過來。他們意識（意識：先有有的意識，才能發展出無的意識。即使是最低等的生物，或者有天機器發展出意識，只要形成群，這個群就會發展出最原始的意識：有危機，餘下就只剩把有危機變成無的目的和行動。當中不涉個體的猶豫、選擇或逆行，）到自己存在於消失的對立，但尚未意識到自己沒有隨河流消失。

這時，各人沒有詫異，沒有恐懼，沒有面面相覷，他們都只看著同一個方向。的確對於這種規模的變化，人又可以有甚麼反應。他們就只有立著，等待著變化的衝擊到臨。這條河是村民一切起居飲食的根源，此刻他們尚未來得及顧及這件事。（未來得及顧及這件事：保命與續命，保命是極端的，而對於不同的人，續命有不同的可延性。像拉麪粉：有些可拉得長些薄些，有些一拉就斷。斷了要把它重新擠壓、揉搓，直至它消失在糰中，）此刻的衝擊令人無法反應，村民離冷靜下來還有大段時間。他們之後有些離開了，有些留下來，這些都是後來的事。人類如同動物，對於即時的危機，逃跑是站定觀察後的事，而決定逃跑時危機往往已迫得太近。（危機迫近：猶豫是上帝創造個體的特徵，亦是保障獵食者能生存的依據。群的意識中並無猶豫，群只有目的和行動，亦不會考慮動機的對錯，）對於鋪天蓋地的巨變，人會被震懾，（震懾：征服的最經濟手段，不必攻克每一個人。然而對震懾者而言，震懾也是一種毒品：欠持久，需補充或增強，會上癮，想不到其他替代方式，）腦袋一片空白。科學家說當遇到危機，人的觸覺會變得極端敏銳，但對於巨變，則足以把觸覺完全阻斷，任由情況吞噬。

這條河的確是村民生生所需，衣食住行通通靠它。他們喝這條河的水，吃這條河出產的食物。他們一旦割傷，流出的是河水而不是血。（流出的是河水不是血：人類學的牙齒鑑識，可從琺瑯質中找到某地才有的原素，因此說心繫都是謊言，）外地人看這條河也同時用以運輸、洗濯、排污，若外地人喝了這裏的水，的確會生病。但此處的人體內所流的既同河水，就沒有病的疑慮。（生病的疑慮：有些河流的大腸桿菌含量超標數百倍。

一種病只要患的人夠多，被定義為風土，便可甩掉傳染病的恐懼，避開世人的關注，即使它死的人數一樣那麼多。）

第二清早，開始見到有村民踏進污泥，在淺水中捕魚。情況基本上就是唾手可得，只要把手伸進水裏，便幾乎肯定可以捉到一條，捉不到亦只因手滑，給魚僥倖掙脫，落入第二個村民之手，就像魚和人一同困在旱季荒漠的小水池，看誰捱得過去。這些魚原本都在大河裏，當水驟減，牠們並沒有游走，而事實牠們亦無處可去。下個河彎是種未知，我當然留在自己的領地觀望。不到最後一刻，誰都不想放棄他所有的，而此刻往往已經太遲。魚沒想到水位會降得這麼低，亦想不到真的沒有回復原狀的僥倖。牠們都困在淺水裏，（魚困淺水：魚變成群居動物，）密集的翻騰。

村民明白這樣的豐收是一次的，憂患就在後頭。但難道後頭有憂患，就放棄這次豐收，任其丟棄腐爛在河中。於是村民漸漸都下了水。在淺水中，智者仍有智者的遠慮，愚者仍顧愚者的近利，父母仍然憂慮子女將來的食用，他們都必先處理好眼前的生活，密集的翻騰。

的確沒有一條界線、或一道法令阻止這裏的人離開。（沒有一條界線、法令：包裝其他界線、法令，成為相同的東西。你沒有犯法，但未遞良民的新要求，）離開是很困難的事，性格堅毅的人會較易動身，但一旦有了猶豫、牽絆，羸弱的人會給自己許多考慮的理由，觀望事態，讓自己最後無法逃走。

情況穩定了下來，水沒有再下降，也沒再上升，竟比從前任何時候更穩定，至少水深仍足夠舀水飲用，仍有小魚可捕。其他方面自然是遠遜舊日，於是他們開始憶及從前。從前是一種界定，多於是一種時間的稱謂。當你斷定一件事已無法挽回，它就屬於從前。可以想像，若水位沒有回升，舊時的水位再過幾代，便會變成另一個傳說。

恐懼仍然是存在的，畢竟這條河是在他們眼前憑空消失的，只是拉得很長、很薄，變成了黏膩在生活中的東西。村民仍然期望水位會有恢復的一天，雖然他們已開始相信這樣的期望不會成真；他們明知看得見的情況往往已是不可逆轉，但他們仍然期望事發的原因並沒那麼壞。（期望情況沒那麼壞：因為他們一邊震懾你，一邊告訴你情況沒那麼壞，）他們已準備好接受，倘水位永不再升高，他們總有一天會接受這樣的事實。由恐懼而生希望，由希望生觀望，由觀望生等待，由等待而漸漸接受從前所不願接受的、視之為不正常的東西。這種心理歷程，會令一個人忘記怎樣活得像一個人。

恐懼亦漸漸稀釋成不安。活在恐懼中是不能接受的，不安卻勉強可以接受。村民找不到河水退卻的因由，便一邊接受情況，一邊抱怨；一邊不相信天譴，又期望天會懲罰涉事的人；他們明白河水退卻很可能是上游人為所致，卻又歸因於天；一邊怪責上天，又一邊祈求上天。

整條村的人都開始有點脫離現實，開始迷信，開始限制自己一些合理的想法，開始否定許多可能性。最後，他們竟然都相信了這個傳說：

傳說（傳說：參注一，）上游住著一個殘忍的部落稱為群，他們喜歡自相殘殺，（獵頭族：頭部獻祭，身體食用，取其征服、終身為奴、死後亦無法復仇之意，）把屍體都扔進河裏，因此活著的都隱了身。從前，村民的先輩在河中打魚，傳說不時會撈起從上游流至的浮屍或斷肢。近來上游殺人太多，屍體完全堵塞了水流。為了疏通河道，那裏的沽人打撈出一具具與他們一樣的屍體，亦僅能應付淤塞。因為隱了身，他們可以視這些與自己相似的屍體為無物。為了生存，上游的人都在忙碌地工作，這些工作都很有意義。

村裏的年青人說，最好的辦法是越過邊界，看看上游發生了甚麼事，村民卻怯於這個神秘主義的傳說。判斷需要勇氣，大部份人都會隱身，雖然他們明明都在。他們認為事情有遠慮、有近憂，關乎生死、涉及群族利益，不容年青人這樣莽撞。他們想，反正上天留給我們可以活命的水深，生活過得去就算了。那晚的魚，也應該這樣想過。

過了這個關口，一切都會變得很快。

很快，他們已習慣了這樣的一條河流。村中此時卻有有識之士提出，（此時才提出：奇怪是許多人對一事一地的情感，都不是從即時的現實而來、或由同甘共苦而來，而是聽說回來、或從舊事中抖出來，然後幻想到與自己有一種不可切割的責任和關係，）人生在世，我們決不能逆來順受。人之中最上者，順來逆受；逆來逆受者次之；順來順受者又次之；逆來順受者為最下等。有了這樣的思想啟蒙，村中長老也終於省悟：不能逆來順受，要做一點事情：當增加祭祀，當增加祭品，漁獲必先供奉神明。

很快，村民的為今之計，便只剩下活人獻祭一途。長老說，只有活人獻祭，才保得住本村；保得住本村，才能保得住大家。

傳說我的祖先是在這個念頭在村中萌生的那一晚搬走的。念頭沒有實體，因此它傳播得比傳染病還快。為免驚動鄰人，他們秘密地請了搬屋公司，趁夜裏把整間房子吊起，靜靜運上拖車。到了第二天早晨，屋內的孩子才發現窗外景色已轉換——屋外的孩子亦然。傳說那時搬家，祖先連插在花圃的信箱都原封不動地運走。家中一切無變，門牌沒變，來信似乎真的可以寄到相同的地址。

傳說村中長老開始傳播一種為人犧牲是值得驕傲（驕傲：本為貶義，現為褒義，）的品德教育。很快，他們在河邊獻祭了第一個年青人。他和他的父母都木無表情，感到不知是真是假的光榮，像上游的獻祭一樣。

另一個傳說是上游的人是用人築了一道堤壩，產生電力。這條河現在如何，是變回原貌，是完全消失抑細流如舊，我當然不知道，我其實亦不在乎。即使知道、即使在乎，其實又與我何干。自我祖先離開，對這個地方就只有敍述權，沒有發言權。世上並沒有一種缺席的關心。在安全的地方敢言是很便宜的，正如加害一樣。

21-1-2021

當我收到二哥也被吃掉的消息，我陷入了極度的恐慌。二哥的房子是用木造的，但興建得毫不苟且。他用作房屋基礎架構的，都是端正的大木方，四邊筆直，切口平滑，每一根都是購自伐木廠的原木。到埗之後，二哥請木匠加工榫卯，把它們橫橫直直的組成房子的骨架，無一不呈直角。到後運來木板，皆是極度堅固的夾板。工人一塊塊的把它們用釘槍牢牢的釘成四面堅固的牆。這種房屋，基本上遇上水淹、地震都不會倒塌，二哥是怎樣一家大小都被吃掉的呢？童話故事說，狼只要一撞，房子就垮了，那顯然是胡亂用幾口釘搭建的木屋，風雨不能擋。我是親眼看見二兄興建這間屋的，我絕對相信這間屋是二十分堅固的，沒來由擋不住外來的那隻狼。

若數著以前，二哥的確會起這樣一間爛屋。那時他的確是吊兒郎當。但自從他有了家室，他轉變成一個負責任的男人，他才這麼決意去興建一座這麼堅固的房屋。他早已決心要在這裏居住至終老，這樓房仍可留給他的後代。母親一直認為二哥比不上大哥沉穩，做事虎頭蛇尾，有一天沒一天，因此預立的遺囑都把家產交大哥管理。但看到這間房子的興建，母親終於相信二哥已洗心革面。她相信是婚姻與家庭的責任把一個未長大的人變成一個男人，於是早些日子還到了律師樓去更改遺囑，要把部份家產分配給他。

老人就是如此：即使兒女不需要他的產業，他們仍十分著重這種擁有的觀念，好像是把自己的生命化成財產，以作為他們不在以後的協助，就像兒女仍然活在自己的懷抱中。即使兒女有天要變買祖業，至少也是一種助力，讓他們去到更遠的地方。反之，敗壞家業就是敗壞她的精神和身體。

豈料二兄一家就這樣被吃掉，留下了這間屋，它很可能將會變成廢墟。有誰會來接管這個產業？大哥一家也被吃掉了，我似乎也難逃這命運。

大哥自小是很厚重、踏實、勤懇的人。母親從來不用為他操心。

大哥雖然在任何事情上都沒有甚麼得天獨厚的天份，但各方面均有中上的水平，因此生活平穩，安定得有點過份。他喜歡一些平常人喜歡的興趣，例如拍照、釣魚，但不過量，也不沉迷，黃昏他便懂得回家，假日還會買餸煮飯。因此在他決定要娶妻前，已開始建屋的大計。他選用大石作為建材，親自從採石場挑選大石、押運，然後在屋地上開始加工。他除了細心監督工人，自己也會落手量水平、打磨石塊、親自調製英泥的比例，然後把切口完全對齊的石塊逐塊吊起，四平八穩地放在塗滿英泥的下層上。我是一磚一石的看著屋子由地基逐漸變成四面堅固的牆，最後在屋頂密合。這種房屋的堅固無人能及，只有大哥這種耐心和穩健的性格，才能蓋得出來。它簡直是一座小型堡壘。童話故事說，狼無論怎吹、怎撞，都毀不了這間屋，於是便想到了妙計，從煙囪爬進去，最後掉進了三兄弟早已預備的熱鍋中，活活煮死。

那可是一鍋狼肉湯。我估計狼從掉進湯裏開始計起，到死並不是很久的事。首先狼掙扎不果，沸水灌進牠的耳孔、鼻孔，把牠的眼球瞬間煮沸。牠的手足很快便失去掙扎的能力，在腦袋和內臟被煮熟、變成固態以前，牠會有一刻接受自己被烹熟的事實。狼被烹死以後，我看三兄弟無法即時把熱鍋連屍體運離現場，也無法立即為熱鍋降溫，收縮的狼肉把狼毛釋放，滿滿的狼毛在翻滾的熱鍋中對流，發出中人欲嘔的惡臭。接著筋腱鬆脫，骨肉剝離，繼而煮溶煮爛。冷卻後，成為骨頭沉底、厚毛凝結在屍油中的一鍋惡臭肉漿。如何棄屍是三兄弟的一大難題。

然而這件事沒有實現，大哥一家不幸首先被吃掉，所有人都為他們這模範的一家所遭遇的不測而難過。幸好母親在大哥遇難前已被吃掉，否則她怎能承受這種喪子喪孫之痛？而且今天發生了二哥一家遭遇相同的不測，浪子回頭卻不能有好的結局。不知怎的，我也不能理解為何我對於二哥的不測，有一點預計在內的心理準備，以致減輕了內心的傷痛，反而集中於感受到我的未來作為預定必須降臨的驚懼。我住的是草屋，狼要來的話，一吹便散。因此我需要思考的只是這一天的到來，想著想著，他們便把我送進了醫院的精神科。

＊　＊　＊

他們扣起了我的電話，要我斷絕外間一切消息，不許與外人聯絡，不許我外出，要我靜心休養。若要見外人，只能由外人從外面請求進來見我，不讓我外出見人。但還有誰會來看我呢？我的兄長和家人都被吃光了，我只能每天空等被評估，空等有天評估的醫生會來到，把我評估為康復，讓我出院。現在我只能屈服地吃他們給我吃的藥。若我不吃，我怕會被記錄進檔案內，把我雙手反縛，關在更嚴格、孤獨和殘暴的單人房內。因此我就只有吃，吃了感到整天的疲倦。

已不知到了那一天，我計日的工作早於失效。來的不是醫生，而是兩名我記得我小時喚作斯唉敵那些人。他們檢查我床尾的病歷牌板，看過我床頭的病人姓名，再拉起我的手，核對了我手上字跡已經隱退的殘破手環，其中一個便坐在我的床邊，很溫文的説，先生，你的二位兄長不是被謀殺的，我們讓你看看凶案現場的照片。

坐下來那一個掏出了一個公文袋，握在左手，右手像攪肉機般打開了白色的幼繩。幼繩的尾部開了幾個叉，每條絲線蜷曲得像陰毛。他打開了摺口，從裏面抽出兩張大相片，逐一指給我看。他要我順著他的手指看，只看他指尖指著的部份。他不理解我想看的是大哥家居的舊貌，那些飯桌旁清簡的陳設。但他開始説話，要把我從熟悉的分心中拉回陌生的焦點。他們不許我在舊日多留駐一會。他説，你也看這一張。那是二哥家中的舊觀。我認得他喜歡掛滿一屋的風鈴。有些風鈴比他認識阿嫂還要早。他喜歡各式的風鈴，尤其是玻璃的。只要有風；他全屋便佈滿了不同高低的聲響。若你道寺院的晨鐘，二哥的家便是充滿煩惱即菩提的花式道場。忽爾有一隻手把鈴鐸握住，是那舊稱斯唉敵的那個人的聲音。他說，你看這裏。那是整張照片的中央，像一個大口般吸吃著視線，他們卻以為我病了看不見，因此像幼稚園老師般放慢聲線地說，你看兩個現場都只剩下一張嘴巴。我說我看到這兩張嘴巴。他說，你看，除了這兩張嘴巴，整屋的人都不見了。我說我看得見這張嘴，但當然看不見你口中那些已消失的人。他說是的，然後他刻意提高了他的聲線，開始發表他已備妥的解釋，那是一種極度討厭的中年男人的口吻，像是二手煙的呼出物。他說，被狼噬咬的應該會存有屍骨，也不會只留下柔軟可口的嘴巴。你也知道不可能是狼把他們吃掉的。

是甚麼把他們吃掉，他說，你需要聯想，聯想到直至你相信聯想的終點就是你的答案，那個點可以是你的確信，也可以是你過於疲倦而放棄的那個位置。我知道我現在只能在某一個框架中遵照指示或暗示去聯想，我又有甚麼其他的出路？我四周都生滿了竹子，他們的眼睛像竹刑般，會把我慢慢刺穿。我只能走一條他們希望我行走的思路。我只能邊行邊提醒自己這些想法可能是假的，當然也有可能是真的，提醒都變成了托托主義。

他在暗示，要我構造出這樣的事實的過程：先是大哥把家人吃至一個不剩，然後他開始著手吃自己，把身上的肌肉逐塊撕下來、把骨逐段拔出來啜吸、齧咬。接著他應當只撕剩頭顱和右肩，先撕眼面、掰斷頭骨、吃掉腦袋、最後把右肩整條塞進口裏，結果就只嘴巴無法吃掉自己。

接著，他問我有沒有懷疑過吃掉家人和自己是一種遺傳病，因此二哥才會步上大哥的後塵。若我不送到這裏治療，我將變成第三副嘴巴。若我相信這是一種遺傳病，他們的死因便會變成不幸、無可疑、或者他殺後自殺，便可以結案。

他問我同意否。若我同意，我便不是精神病，因為精神病人是無法同意他們所同意的，而且精神病人的同意是欠缺法律效力的。

若我不同意，他們則只能把我歸類為精神病，卻無法否定一個精神病患者的說話，這會為他們帶來一點麻煩。因此他們的下一句果然是：知否我們可以在沒有你的同意下創造你的另一種真實？

* * *

有天醫生不幸地走進來，告訴了我一個消息：科學家剛剛在科學期刊刊登了論文，吃掉自己被重新定義為遺傳病而非精神病，因此要把我轉介往遺傳病學病房，那邊的醫生也會像我一樣盡力地醫好你。這時我想，是否應就遺傳性無可避免地吃掉自己，在醫生面前表現出陷入極度恐慌的情緒？他拿起我床尾的病歷牌板，好像若無其事的把我的病歷紀錄抽出，不規則地對摺幾下，放進衣袋裏，然後便堆起一個笑容，祝我好運，早日康復。

新醫生為我開了一張全新的病歷。

「既然我這是遺傳病，不再是精神病，那麼我應該可以出院？」

「重點是留院，留院可方便查出發病的誘因。」

「這是遺傳病，但我還沒有病發過吃自己。沒病發的遺傳病說不上是病。」

「遺傳病源於異變的基因，它完全有病變的可能。」

「當初我入院是喪兄引發的精神病，而不是吃掉自己的精神病。吃掉自己在界定上由精神病變成遺傳病，其實與我無關。」

「你二位兄長都吃掉了自己，還說無關？」

「你如何證明我有病？」

「憑我的專業，每種病都有它可以被辨識的病徵。」

「那麼最初診斷我是精神病那醫生是否不專業？」

「我們的專業是盡量避免錯誤。」

「過去把吃自己歸類為精神病是否錯誤？」

「那叫重新定義。」

「如果有天又把這種病定義為精神病？」

「我們會繼續緊守專業。」

當我重新成為了一個沒有精神病的人，我的想法便可以被否定、被吃掉。現在的我，就像被鯨香前，被呑食者在口中調整了一下進入食道的位置。這時我真的陷入了極度的恐慌。我想起了兩個哥哥被甚麼吃掉的過程。

遺傳的意思就是沒有狼；即使有狼，也與狼沒有關。遺傳的意思是，我才是狼，又或許是狼人，到晚上變了身吃了人自殘了也不自知。外在的狼是本能，內在的狼是罪愆，吃掉自己就是一個零和的贖罪過程，結果是消失。因此，將會吃掉自己是一個必須加諸我身的斷症。

「我自問完全沒有吃掉自己的衝動或念頭。」

「遺傳病是危險的計時炸彈。」

「我連火藥都沒有。」

「打火機？你抽煙，很可能把你的草屋也燒掉。」

「甚麼都可以是對方的威脅。」

「如果你立心與自己對立。」

「你意思是精神病？」

他顯然有些窘迫。根據專業，他應該把我斷為精神病，但新出的醫學期刊迫使他乖離常理的判斷。審訊又回到原點。打火機呈了堂，他問：

「打火機用來燒屋？」

「點煙。」

「當時你身上沒有煙。」

「煙駁煙，吃完，準備再買。」

「證明那刻你沒有點煙的動機，只有燒屋的動機。」

「動機論罪？」

「基因論罪。」

「草屋還完好無缺。」

「幸好草屋不是煙絲造的，否則你老早已把它燒掉。」

* * *

留在遺傳病房期間，定時有護士送來一些會把我吃好的藥。我越吃越感到迷糊，似乎真的開始有點精神病。我覺得自己有點浮腫，他們說胖了是好現象。我問胖了應該下沉，為甚麼我會浮起，需要把我固定在床上？他們說，因為你說你所相信的是靈魂的錨，不是很堅定不移的嗎？

有一天，有一女人來了，好像是我的母親。她看見我飄浮的樣子，便涕淚縱橫，兩手拉著我的右臂，像繫著懸浮的氣球。她說，阿仔，你別嚇阿媽，你醒醒。我得你一粒仔，你根本沒有哥哥。你有事叫阿媽怎算？

阿媽，我實在好懷念從前的日子。我的草屋還在嗎？三兄弟中，你説我最不生性，游手好閒，一事無成。我只是喜歡草屋，我沒有邀請狼來把它吹走。你是自何時起對我這麼苛刻的呢？我在草屋裏是自由的，可以抽煙、看書、説自己喜歡説的話、看沒有刪節的查泰萊夫人。擁有是很累人的概念，你培養了一個會令你安心的大哥，正如他建造了一間使他安心的石屋一樣。二哥也使你安心，因為他最終不情願地變成了你想他變成的樣子，但他心裏並不快樂。

為甚麼你老是要回到我沒有兄長這件事上？阿媽，我想説從前多好，年輕的時候多好，像流浪的小行星，只會自轉，不會公轉；像平衡遊戲，只有中心，沒有重心。

我的確有一對兄長。你好像已不記得，你帶著我們三個到樂園看大象的時光。那時我們很窮，但我們沒有太多的憂慮。現在我們要憂慮氣候的急劇惡化、憂慮樹林的萎縮和過度砍伐導致狼群在村莊出沒；憂慮恒星的膨脹，把原本只會自轉的星體吸進公轉的軌道，墜落地球。我還很記得你從前在某個節日曾經說，過節的愉快彷彿是種短暫的假釋。哦，你說你沒說過。你要走了？哦，是嗎，你捧著我的臉看著我，要我記著我沒有兄長。

* * *

接著來的是我的兩個兄長。他們主要表述自己沒有死，他們是真的，我已沒甚麼興趣知道。

* * *

最後狼也來了。牠主要是來表述牠不是真的。

5-3-2021

無風。空氣的粒子排列得太過有序，變成了任何移動的風鈴。四處都靜得太過可怕。

天氣過熱，那是天空受到擠壓，發生了炎症的苦果。偶爾有母親拉著滿額濕透的孩子走過，我便覺得難堪。孩子的眼前只有在熱力中扭曲的影像，他們找不到一條直線作參考點，無法理解何謂猛烈，把雙眼眯成線也無補於事。

這些孩子都穿著五顏六色的母愛，緊貼在肌膚上，汗的川流如涌口的三角洲，遲緩，定時被海鹹的漲潮倒灌。我看不見這些母親的臉，不是背向著我，就是戴著帽子。陽光把一切照成了反光的鏡子，沒有五官的臉都模糊在一種應許裏：放假的時候放假，沒有失業的可以上班，回家可以照顧孩子，帶往興趣班，往街市買餸，去沙灘或主題樂園，一個人去釣魚行山，等等。只要這地方未至於無法再做這些事之前，仍然是可以做這些事的。

他們說，這裏的天空雖然壓低了一點，但晚上觀星不是更接近嗎。的確，何況這地方早已無雲。作為一個下雨史家，對於雲，我總是歉疚的。我只能在最後一片雲成為過去後，才把它的過去寫成現在。

這是我放逐的起點，我又繞了一圈苦行，回到了原地。我記得這領悟，我上次已領悟過一次。我又再次遺忘了同一個領悟，起初我感到自責，但漸漸已並不詫異。我在這個領悟與遺忘的往復中，領悟到失去並沒甚麼大不了，失去了一個領悟也沒甚麼大不了，因為領悟本身也沒甚麼大不了。

——他們正要我這樣想。我不能這樣投降，成為一個甘於被應許的人。即使真有應許之地降臨，越熱心的推介，越應質疑它的真偽。他們不知道我在鞋中靜靜放入了蒺藜，每一步都警醒我是個下雨史家。我的使命是要準確切入此處無雲的原因，然後成為必先懺悔的人。

烈日下不存在陰影的角度，每個人都在無可逃避的光線中顯得疲勞。每個動作都需要穿過排列得太過有序的粒子，因此必須多花少許的氣力，才能補償每一個多出的動量和聲能。我記得曾經聽說，多花的氣力少得不算甚麼。而事後的代價是，做甚麼事都總差那麼一點點。例如賽跑，就有運動員因那有序的粒子而慢了百份之一秒，或只差半毫米便觸摸到那隻蝴蝶，或總是無法把空氣吸進肺氣泡的最末端。要說的話總是延誤了一點，不論是愛語還是怨詈。喜怒哀樂固然也是應許的，但喜樂已不會笑盡，哀矜已不會哭盡，彷彿多了一重透明的疑慮，卻一點也不乾淨。

——我擔心這種天氣所產生的行為的遲滯，會像漲潮倒灌一樣，進而引致情緒的遲滯。彷彿在那個變成了破折號的時代，一切都將變成了隱喻。這地方需要下一場雨，或者一場洪水，而非供水。

這裏的人都有這樣的希望，而且這希望是堅實的。他們無一不努力地去做好他們的工作和本份，等待著雲的再現。然而雲的再現與他們的努力其實沒有任何關連。如果你努力於建立一個家庭，便可以不出門。如果你努力帶大一個孩子，他可隨意選擇任何的天空。如果你去沙灘游泳，會變成一條魚。如果等待與相信，可以變成現實。如果我為下雨撰寫歷史，雲就會回來。如果我希望他們明白，他理應會明白只有自我放逐於應許以外，才能明白雲只有在有深度的天空，才能脫離一種幻象而形成。

我在這種領悟中被自我放逐。因為事實容不下我，否定事實的人和否認事實的人均容不下我。他們要我遺失、忘記，與其他遺失與忘記的人一個樣，迷失在盡了力的自慰之中，從此不必自責，也不必憂慮被怪責。

應許之地都是印在經書紙上的，這個世界並不會在吃完一支甜筒後便會好了一點。人理應是很優雅的，但就下雨史在圖書館被借閱的情況而言，對於人的動機，我不必想得太過深奧。樂於接受應許與被迫接受應許其實並沒有不同，它們都是過了期的消毒劑。即使明天是末日，或者後天他們已到達了應許之地，他們仍只會爭論在他們層面的公義與應份。世上哪有應份的事，在已被翻譯成平面的山嶺下，何謂我本應享有更高的天空。

就像要在你窗外建一座高壓電塔。總有人會說，甚至會有人真心地說，即使飛鳥也沒可能同時觸碰兩條電纜，這電塔是對身心無害的。有些人會種植室內植物把它遮擋，甚或只道自己下班夜歸，甚麼都看不見。有人則只要看見電塔就討厭，唯有搬家。但只要一天有興建電塔的需要，你又能搬到哪裏去逃避它。寫信反對、打官司，最後遷址或擱置，所謂成功，其實都是向失敗妥協的某種方式。

有了這些領悟，我一次復一次的放逐自己到一塊枯葉下。枯葉下殘留些微的濕氣，正與烈日爭執何謂原初。我在這裏不斷遺忘與警醒，作為一個下雨史家，是否我努力去撰寫回憶，雲便可以回來。

27-5-2021

讓懷念向著一個時代塌縮

換取無風

燠熱的安詳

[redacted]

我在上海看見了白色樹幹的樹。一位失婚的男人向我介紹這棵樹的來歷，然後這名路人便離開了，回到滄海裏，是日是夜。被我檢起的實在我生起了佔有之念後呈現，它的外型像青色的荔。一名女子説，種子不能帶出境，我説你指是入境吧，是否怎麼出境必然是入境，我和這名患有腳患的女子討論至凌晨。上海緯度高，冬天五時的下午，天便黑齊，我在這個時候抵達，還以為是夜裏，像這顆種子的核心，於我的佔有之念生起後呈現而又害怕後果，我於最後一瞬把果實放進袋裏，在房間中把它踩爛，取出種子。原來這堅硬的實竟由無數的細毛組成，能夠輕易吹散。我還未理解得到這些毛絨的作用，除了肯定這些毛絨是上佳的火材。核的大小僅如兒童的指頭，毛絨並非帶走種子，就一定是等待在濕潤中腐爛，在安全的情況下才將種子釋放。

第二種樹非常高，樹幹筆直，樹皮縱裂，像我正在行走的路那種詭異的漫長而潔淨。冬天的時候，全樹都是啡黃，彷彿任何時候都是晚照。那個有罪的人説這叫水杉。水杉的落葉像脊髓，軟軟的鋪滿了樹圃。這裏的清潔工人清理得緊，行道與馬路都鮮見落葉。此處出現了一個辯證問題：未下的稱樹葉，下了的稱落葉，然而甚麼是葉。枯了的稱枯葉，綠的稱綠葉，楓的稱楓葉，風中的稱風葉，雨中的稱雨葉，掉進湖裏的叫湖葉，火中燃燒的叫火葉，如此下去，當須為每一塊樹葉命名。水杉的落葉像脊髓，那是宰蛙的場景，把蛙的頭砍下，牠們仍會眨眼。

水杉固然有水，否則如何稱為水杉。有人在水杉上垂釣，用的是毛鈎。他們似乎釣出了一張紙，或整個湖面。那時我正在湖底垂釣波紋，我看見彎曲的水杉，在水面上的脊髓後方燃燒。

魚頭呈三角形在游動，爭吃從樹上掉下來的念頭。路上的果實都已被清掃。水杉比白樹高大很多，種子卻不合比例的小。我趁他們緊密灑掃的間隙拾起了二顆。水杉的實與白樹的核一樣大小，其中一顆已然裂開，彈出的種子微如紙屑。水杉的種子是靠自力傳播，趁果實在地上彈跳時彈出，在厚厚的脊髓上或瀝青路上。只有掉進水裏的，魚吃了後能有水杉在魚背長出。

我把一晚收集到的閃電綑綁好，藏在膠袋內，準備把這些無實的念頭帶出境或者入境。X光將會在它們的皮膚上，探出它的家族史，關心每一顆缺實的種子會否著涼。

匙孔裏伸出一條絲線，那是光，在偵測我的結構。到處都是這些匙孔，直至我們習慣自問自己是一個怎樣的人。的確有時你會被愚弄，不知一顆種子是何時被置入，在你的手足內長出手足把你控制，或木化為樹。必須與腳下的泥土一起前行，仇恨便來得聖潔。沒有一棵樹的形態是隨機的，每棵樹都有它乖離比例的怪異。

像那種有白色樹幹的樹，它的樹冠極之寬闊，絕對不宜在有雙層巴士的城市裏生長，絕對不宜在有雙層巴士的城市裏被生長，即使在上海過於寬闊的枝幹也須被限制，即使在上海過於寬闊的枝幹也須限制，像斫斷了前臂後，大量的細枝竟從後臂上筆直地生出，像無數乾癟的手指指天。它們生活得好好的，不缺營養，不缺土地。

我生出的念把種子都帶了回去，結果水土不服，無一能種出東西來。

像投進郵箱的信件，各有其念，你該作怎樣的比較。然而生長環境把它們困在一起投遞，像擠迫在書架上的書所形成的關係。這無數的念頭，有多少能長出成樹，長得出又將變成如何。在此如銼的時代，甚麼都這麼光滑，清通地失聯。

30-12-2018

他們告訴我的孩子：這就是夏天
回家我說夏天不應如此
刮起季候風。下雨
來自烈日的對流，或者恰如其暴烈的
颱風，從前水浸
並不習以為常。對於這種空氣中
附著物過多的鬱雨
偶遇風和日麗的日子，老師說
我們要比從前更加感謝——
誰呢，我不敢說是上帝
無人是猶大。只是戶外沒有十架
正如沒有倒懸的十架
稍安。每天都下著剛剛需要

與不需要使用傘子之間的雨
剛剛沖不走一地塵垢，剛剛未及
皈依，於剛剛無可失去之前
我領我的孩子，在偶然風和日麗的一天
前往沙灘，讓她們掬起微濕的
那剛剛仍可稱為沙的
著她們放進口裏
咀嚼。告訴她們這就是
時間的味道，都是苦的
沒有回甘，正如你咀嚼時間也只有
沙子的味道。孩子本應甚麼都放進口裏
親嚐。足印告訴你
只能以自己的形狀
沖壓出自己的天空。這世界真的很大
大得可以讓錯誤的事重複發生

因此覺悟並無止境
然後我們坐下看浪
潮退不會讓她們回到課本不會言說的舊日
剛剛天亮的時候
剛剛天還是黑
我無法告訴她們我對她們的未來
無計可施——我還記得
小時候老師說有對眼睛在天上看著我們
然後有很多只要：只要不犯罪
只要相信，這樣的天國
不知是否已提早或已如期降臨
因為我無從分辨
事情總是在沒事的時候
沒有分別，只有在有事的時候才有分別
看見孩子我總泛起

一絲慘然：空氣中的附著物
實在過多。他們的皮膚正開放予
怎樣的將來
或許比起角質，她們更適宜進化出
像魚身上覆蓋魚鱗的黏膜
不爭的事實是：不是上帝創造了盜獵者
犀角尚可從根部截斷，但大象的牙齒
他們會在血泊中鑿去整爿牙床
孩子本應甚麼都放進口裏
親嚐僅僅生存以外的味道
呑吐大陸架外的海洋
我還記得
小時候父親騙我們吃沙子的時候
那時的夏還有風和日麗的幾天
我應怎樣跟孩子解釋

因為她們
我再次在乎那些孤身時漸不在乎的
舊日。我知道我的父親知道
我終有一天會知道
他看見我所生的
柔軟與堅硬

12-5-2019

詭異的，他們一直就住在你旁邊，在同一社區買餸、一同坐短程的小巴。現在小巴內都沉默了。

這十來年開始，路面是越來越顛簸。行人路的路磚不去水，馬路邊的水渠也不去水。小巴上鬆脫的零件在撞擊，失效的避震在坑洞裏彈跳。

車上都是同區居民，只是大家都開始害怕說些甚麼。仇恨是何時起自你的鄰居中滋長，你怎樣也不明白，你只是如鄰居一般對待一個鄰居。他們最後卻向你報復，雖然你從未做過需要被報復的事。

這些事並不偶然，恨只需要被挑撥，從不需要原因。

*　　*　　*

今天的四季並不特別明媚。我前往Ｎ城的寺廟餵鴿子。賣鴿糧的地方是一個櫃子，沒有人滑稽的坐在櫃子內駐守錢箱。投入一個硬幣，自己拿出一碟鴿糧，它售賣的是對於人的信任。此時鴿子已圍在你身邊，降落到你的背上、臂上。

餵鴿子可以把鴿糧倒在地上，也可以把碟子持在手上，讓鴿子在你的臂上以爪子納定身體，那需要承受一點痛楚。尤其當牠們緊張爭吃的時候，牠們的勾爪會深陷你的皮肉，喙也會傷人。餵食源於一種慈悲，但眾生是可憐的。鴿子直腸短小，怎樣吃也不知飽足。牠們在我臂上爭執時，我看見牠們專門攻擊對方的頸背。牠們的羽毛在痛苦地湧動。

這時一個寺僧走過，以手勢給我稱讚，能持碟餵鴿子的人並不多。

＊　　＊　　＊

一隻鳥用很怪異的樣子看我，倒吊的樣子。原來牠的脖子斷了，頭已扭在一邊。湊近，牠一再掙扎墮地，勾掛在灌木叢上，最後在地上磨蹭，用牠渾圓的眼看著我，充滿恐懼。我無法就此離牠而去。於是尋找辦法，建議是不接觸，用紙箱把牠蓋著，讓牠在黑暗中靜止，以免互相傷害，再致電動物組織。嘗試依法用箱邊來兜，結果只是把牠剷進牆角裏深陷。

於是我把牠抱起來，牠幾乎已沒有重量。原來，鳥的重量是來自掙扎而非進食了多少。用十五分鐘打通了電話。鳥就在紙箱內，安安靜靜的，或許有救，或許無救。離開時我看見兩隻未成年的班鳩，在不安地拐圈。

*　　*　　*

反正我未見過變形之前的人的樣子，也從沒有人見過。先天的基因，以及決定先天基因的後天環境、氣候、食用，還有比先天更早的際遇和命運。

四面環水的人都比較陰鬱。如大魚背上的N城，或繫泊海上的T城。

同樣陰鬱之中，N城和T城又有它的個性，正如H城和M城同樣三面環水，結果卻如此不同。

N城人指間都長出了蹼，膚色則偏於綠。餵鴿子後我來到他們的魚市，看魚販用一把鋒利的長刀，一手以蠻力高舉魚尾，另一手輕輕把大魚柔順的切成塊。H城人用的是滾圓短身的大肉刀，要把大魚卸塊，須施盡膂力，在切口上反覆下劈，熟練的師傅固然可以切得很整齊。N城人的精細來自一種陰鬱的橫蠻。我在市場裏吃了一碗魚肉早飯，整齊但說不上精緻，魚肉全非餐廳的糯軟，吃出了肌腱的強韌。

* * *

T城與N城一樣，空氣中帶著洋的濕潤。矮小的樓房大多被空氣浸黑，也充滿了寺廟。

T城曾經被N城鳩佔了半世紀，直至這隻鳩鳥墜毀。鳩和鴿其實同屬鴿科，餵鴿子的時候，總有許多鳩混雜其中。外國人則多稱道鳩鳥的忠貞。

因此T城尚有許多與N城像樣的地方。現在大概已看不出T城對N城刻意的排斥或繼承。事實上有甚麼能超逾半世紀而沒有變化，尤其鳩佔、承諾，這些比報紙更易腐壞的東西，必不比仇恨或遺忘久遠。也許如此，T城人比N城人更喜歡閱讀，在書店席地而坐無人以為迕，似乎都想在書中找出在船上栽花的方法。

* * *

H城住滿了珠頸斑鳩。曾經與妻討論，妻說從前好像不見這麼多斑鳩？我說可能只是你小時不認識這些是斑鳩？或者是現在地面的確較以往安全？還是的確來了許多新的斑鳩？還是現在鳩佔的確比較容易？

Ｈ城就建立在軟木的植林上，人住滿了尖銳的樹冠。軟木其實一點也不軟，它只是生長的快，纖維結構與傳統所謂的建材不同。這種木所建的家說不上優雅，但它是徹底的實用。

在這些高樹上，這城市你不能說它無根。植林的作用是收割，它生的也快，伐的也快。急促它不是一個時的概念，它是車子的距離，房屋的大小。

但樹上的鳥實以此為家。家就是家，絕無寬宥的餘地。

＊　　＊　　＊

年青的Ｈ城、Ｎ城和Ｔ城人差異不大。但漸漸，Ｈ城人的體型都變成Ｈ城人的樣子。

身體是一個人的歷史，像游魚的缺塊或咬痕。H城人中年以後，婦女肥腫，下身粗大，男則腹大如孕。這樣的體型與大城市並不相稱，反像是充滿勞苦。

相同的衣物，H城人的單調、純色、缺乏細節。倘願意在車站觀察上數分鐘，這些在平民之間並不難發現。H城人過於匆促，缺乏運動，放棄對自己身體的要求，往往就在生育了下一代以後。

家不是一個地方，那是一種極端純粹的執著，正在抵抗樹下的人的搖晃。

* * *

還是要像同是三面環水的M城，索性把分隔島嶼的海填滿。沒有鄰人，便沒有仇恨，可以如舊的買餸、坐短程的小巴、上班放學。只不過是空氣差了一點，說話要當心一點，對於損失要看開一點，對於無理要忍讓一點，對於恐懼要習慣一點，對於上述這些臨到己身要順受一點。毀滅從不在現在，也不在未來。

地理早在爭執出現前完成。界限它不只是一陣風，但也如風一般容易穿越。

從前我很疑惑，在毀滅的城市裏，新塌的房、新死的人旁邊，第二天是如何生活的。現在我漸漸明白，就只有繼續生活。昨夜的槍聲、所流的血，難道會完好無缺的在等待今晨？入睡的時候，別幻想一切將沒有發生。

歷史不是日後的評價，而是現在的評價，你要睜開眼睛看好。不連貫的風，正把我吹奏起來，叫我別作真理的過客。

28-8-2019

[redacted]

實在無需再恐懼
四周已長滿了
催淚的果實
眾生已變成飛揚的孢子
我卻飛不到安全之地
非因自身過輕
或風不夠大
我只是抵受不了疲倦的引誘
何時起已停止了逆走
俗世的彼世間
就是此世間
救贖包括善良的與悔改的
並不包括不抵抗

有時，我會看著我所擁有的
茫然，只因害怕
它一旦消失
醫生說我氣短
總是致敏的咳嗽
自憐只是庸俗的偽裝
我已是長到了面闊眼小的年紀。孢子
像一個盾，只敢保護
我所擁有的
沒有勇氣去建立一種新的關係
被追趕至馬路的中央
庸俗得像件舊毛衣
只求溫暖
曾經的舊紋理都沒有了

我一直在閃躲
陽光的刃
剛才專家說
惡疾肆虐，勿穿毛衣
而被附著
庸俗是找不到另一把聲音
或甘受中年的瑣碎所苦
深知自詡為通
只證明預言裏的一事無成
我當感謝近日的惡夢
讓我創造了不懷念
不必再問
洗血能否清洗
我病毒裏的罪愆

在浮游的地圖和歷史中
閃躲白血

29-1-2020

[redacted]

人對於廢棄物有種恐懼。別人呼出的空氣，坐暖了的座位，都可能存有病毒或者污物。以至於剩食，吃進口裏的是食物，濺在衣服上的叫污穢。

然而，人對廢棄物同時又有種興趣。尤其是垃圾站堆積的大件家具，或建築廢料，總忍不住觀察有無可用者，或至少窺探別人過去的生活。我曾見過一部尚可彈奏的鋼琴、尚可踐踏的柚木地板。

所有故事都是從它廢棄之後展開，逆流而上，消滅它本來的所來自。它所來自的故事已被廢棄。因此，我從不認為一個故事應順序去說。也不必逆向去説，因為這些都是揑造出來的。故事應該像魚缸裏的魚，看來看去都是這樣的游。這樣的敍述才能準確地描述任何一個你所看見的人。因為恐懼，我們廢棄了對方的至少一生；因為興趣，我們又杜撰了這個人的至少一生。

就像這個在瘟疫中不死的人，我還可拿甚麼來描述他。比喻嗎，四周的喻體都已喪失；比較嗎，尚有甚麼可比較的對象。說瘟疫以前嗎，故事已經消失，於是你只能為他杜撰一個故事，或聽他自己杜撰一個故事，再結合二者的杜撰。一個時代的敘述失效，正是如此。將來的歷史會怎樣記載這次事變：某年月日發生了瘟疫，死亡變成數字。鄰人受感染了，難道我不回家。倘地獄就在我皮膚上，我還是需要如此的過活，等待著最後被燃燒。

在等待中可以做的，就是廢棄與杜撰，對恐懼產生興趣，對興趣產生恐懼。準確的描述就是一條被困的魚在吐納，下一秒仍是在吐納。難道我能在瘟疫二字中佔有任何的地位。我時常看著地球儀納悶，城市與城市名稱之間的空白是甚麼。正如窗外大廈每一扇窗都住著數人，這些故事又是甚麼；而別人的大廈看見我的窗口又是甚麼。是誰創造了名稱，我們百姓連一個名稱都掛搭不上。

因此那廢棄的鋼琴和地板甚麼皆不是，新聞報道亦不能治病。對未死的人而言，故事就只有繼續生活。地面遼闊，卻只是一條窄巷，只供來回地走，排隊囤積食物、消毒用品和苦悶。

尤其當有了顧慮，就更無法走出這種苦悶，甚至恐懼這種苦悶消失。外出工作危險，難道可以不工作。失去了工作，家庭可以怎辦。沒有食物，家庭可以怎辦。沒有防毒用品，家庭可以怎辦。每個人都在他的魚缸中游來游去。在恐懼中，反而把想廢棄的摟得更緊；同時在廢棄中，把恐懼握得愈緊。

無人希望如此，但一般人只能如此。有時我也弄不清，我們是恐懼瘟疫本身，還是恐懼面對這樣的自己。恐懼的時間是特別長的，聽說是腦袋會延長我們的感知，容我們有機會逃離危險。也有可能是延長我們無法接受自己的內疚，因此往往當恐懼到臨，我們反而無法挪動自己的腳跟，像過緊的螺絲，滑牙斷頭都無法拔出。

有人說災難到臨的一刻，時間緩慢得足以容許一生回播，彷彿一生就在這刻發生。因此也沒有人說得準，生命其實都是禍患前一瞬的回憶，直至禍患來臨。回憶與現實的界限幾乎是無，或許我現在所思，其實都是回憶；而現實的我，就只存在於恐懼裏。

我伸手進入恐懼的胸脯，發覺它是溫暖的。我活在皮膚底下，皮膚外就是地獄。地獄正如你所想，不一定如你所想的那樣，亦正如你所想那樣。以至於自己被廢棄，我的任務是消耗，如果我被消耗得尚不夠多。無人希望如此，但我只能如此。

想起對上一次瘟疫，那回憶中再行的虛構，一切是這麼不齊全。我好像也曾寫過一首白色的詩，但無關那場瘟疫是如何命名。如今我也沒有在乎它的命名，只在乎它的威脅，在乎我身上有否粘著病毒回家。聽停課中的孩子彈琴，笨拙的琴音令我幻想孩子的將來，孩子的將來令我想起蕭邦，蕭邦令我想起格局。難道我想不清現實的詭計，但一顆病毒便足以使我終局。外出緊記不可以手掩目，不可掩耳，但必須掩口。

我還是想說下去，但知道說故事的枉然，或者張口的危機。凌晨又多了十數人染病，我把清水倒進溝渠，保持喉嚨的濕潤；在黑暗中餵魚，同時餵食自己。三十年了，天氣還是又冷又濕。雲從山頂傾瀉，穿過大廈之間。這季節的凌晨，本來可見的大角，或許已運轉到我腳下，我又有甚麼權利去知道。

11-2-2020

我從防盜眼看出去，你們不能和我警醒片時麼。兩個白色的人果然出現了。他們在他們所施放的白色的煙霧裏出現。

兩個白色的人在白色的煙霧裏移動。白色的煙霧隔絕了一切聲響。我在傾聽。我在傾聽我沒發出任何的聲響。

他們的移動緩慢得有點兒戲。他們穿得像甲殼類，說不定是甲殼類假扮成。我知他們知道門內有人，他們也知道門內有人。是理應躲在屋裏的人害怕穿得像甲殼的陌生人，抑或是他們害怕屋裏的人才穿得如此，情況實有點詭譎。

得像我站在防盜眼前，他們在他們施放的煙後。門是死物，這些白色的煙霧是非生物。據説他們以此非生物試圖殺死另一種非生物，他們移動得有點兒戲。

然後他們消失在另一道防煙門裏。走進密閉的走廊燈光也照得出的深夜。他們是在這一道防煙門裏隨煙霧冒出。我在警醒的深夜從防盜眼看出去。

深夜的白霧。他們說它是友善的。我從防盜眼看出去，它也攀爬在鄰人的門上，彷彿在尋找任何的長子。它無聲的走進了另一個人的深夜，即使他警醒或沒有警醒。我在傾聽。我沒有發出任何的聲響。

我也無法形容甚麼是一種非生物。當它輕輕的向著垂直的表面攀援、稀薄、然後消失。你知道它們正悄悄地粘附在牆壁上、地面上、電梯的按鈕上、我的門上、以至我所無法看到的我的防盜眼裏。

他們稱之為消毒。他們說這是很好的藥劑，效用長久得如同我就活在它的眼睛裏，監視著我一旦出門的四周，以至隱匿在我防盜的眼睛內。他們說這場消毒是友善的，用意是消除另一種惡意的非生物。而我只有一道死物把它隔絕在我的警醒後。

他們是來消除病毒，但關在裏面的我彷彿才是病毒。我彷彿變成了另一種甲殼類，躲在人的肉身內閉氣，恐怕警醒了外面的煙霧。

我從防盜眼看出去，看見煙霧正在旋轉，漸漸凝結成一顆土星。這顆土星正如我們太陽系的土星，有一圈白色的光環，活死物般隨著土星的自轉公轉。

我也無法形容甚麼是一種活死物，也無法辨識它與非生物的分別。大概引力太大的時候，它能把一切變得不可理喻又有哪麼不可思議。

這個環是行星把它的衛星撕碎的遺骸。衛星不能太接近行星。它所不能逾越的稱為洛希極限，也就是行星容忍衛星繞行的底線。

我現在說的是天文。以我們的地球為例。月球的引力可以左右地球的潮汐，然而地球的潮汐力連月球這顆岩石衛星的形狀也可拉長縮短；然而月球細小，也足以手握整個地球的呼吸。土星是極為龐大的氣體行星，或許投下一顆石頭，產生的風暴會比一顆岩石行星都要巨大。因此對於一顆越界衛星的暴虐，似乎成為了這顆活死物自保的必要。

土星無土。若它有生命體的話，牠們對於生命和倫理的理解，當與岩石行星上的眾生完全不同。作為巨行星，土星對於越界的反應也敏感得多，它所需要的安全地帶也寬闊得多。

白色的土星環在轉動。我在傾聽，我也在傾聽我沒有發出任何的聲響。對於無聲，只有靠自己的警醒。例如近來行人過路燈的達達聲，為何特別明顯了。

聽聞潮汐力連星球的形狀也可拉長縮短，它將一地變得不可理喻又有哪麼不可思議。古人早已發現一個人由正常步入瘋狂，應該與星宿有關。然而我不急於知道真相。我們仍然可相遇於二十年前，只是那時還沒發生這二十年來的荒唐。

像被潮汐沖刷成石灰的甲殼，白是甲殼動物的殘骸，繼續被剝離而無聲。甲殼類的外殼雖然堅硬，牠們的生命實極為脆弱。像那種橫行的傢伙叫螃蟹，只要一兩塊冰，就可以致牠於死。

像甲殼類動物對於些微轉變的歇斯底里，皆源於其脆弱。敏感是單純的反應，並不需要太多的生物智慧。今天我居住的大廈病發了一個人。他們是來消除病毒，但關在裏面的我彷彿才是病毒。漸漸我也分不清楚，是門內的我脆弱，抑門外的它們脆弱。

15-4-2020

[redacted]

她說，我是一個沒有故事的人。

我也曾經像別人一樣，儲存起一些故事在囊橐中，例如那些在道旁聽來的，關於你的故事。

我在道旁售賣珈琲。在大熱暑天，即使不是節日假期，都必然有不少人路經這個路口，前往海邊。這城市四面環海，然而到海邊去對這裏的人而言是奢侈的。

夜裏我把珈琲冷萃，早上便把珈琲倒進玻璃瓶裏，放入手提冰箱，用手拉車拉到十字路口，以四十元一瓶的價錢賣給前往海的路人。他驚異於它的好喝，它的顏色在完全燦白的陽光下以另一種可見光的方式盤轉。到歸程他已喪失了我，他說要為我和這個島寫一篇紀錄。

他們說我無用，只懂製作這種珈琲，賺一些小錢。是的，我每晚都能夠在四十個玻璃瓶上看見這樣的自己。然而當這些廉價的玻璃瓶注進了珈琲後，能夠透過它看出的世界或許會有些不同。也許你會訝異，深邃的尚且比白光清澈。

* * *

我不知道你為甚麼會選中我。我是一個沒用的人，給我一個椏杈，也射不中一隻鳥。對於命運我是無法知曉的。那天我只是在水邊，你便選中了我。我不像你，我無法掌握當中和之後的故事發展。你陪伴我一起賣珈琲，在這個島的十字路口上。然而你才是傳主，我是一個沒有故事的人。

她說，我是一個沒有故事的人。

循這條路下去，約十分鐘便是一個海灘。每至假日，市人便乘船來到這裏。是的這是一個島，離市中心卻只有半小時的船程。然而這又不是本市最受歡迎的島，故在接近市中心之餘，又保持了一定的疏遠。

有時我會看著完全燦白的天空幻想。如果本市突然沉沒，這個小島能否獨完。是能夠獨完，抑或必須以如何的方式沉沒，以與城市一體的方式沉沒，或以載滿難民的方式沉沒。

你與我在這裏落腳，是誰的選擇。我大概已記不上我們是如何騎驢來到這裏。我們現在是居民，不是土著。我們住在這裏與土著有著不同的理由。我不知道當這個島下沉的時候，誰會因此而浮起，誰會下沉。

現在進來的都是遊人。他們來到這裏，是因為這個漂亮的海灘。然而本市四周都不乏泳灘，他們刻意乘半小時的船來到這裏，必然亦有他們的理由。有時理由是無法言說的。雖說是理，但理是十分脆弱的東西，這個誰都知道。

＊　＊　＊

故事其實也同等脆弱。我賣珈琲收集的故事，竟然因為囊槖穿了底，全都遺失了。我是一個沒有故事的人，也許因此你選中了我。

他們其中一個問我，一個城市沉沒的速度有多快。我說為何要把一個城市的沉沒，比擬成分娩那麼困難，像創造那麼緩慢。一個城市的沉沒，不就好像有東西掉下水消失得那麼快，像物件從穿洞的囊槖中丟失得那麼快。關鍵是為何你會期望它沉沒得慢一點。

沉沒亦視乎物本身的材質和形狀。本身是浮的，需要施加一點重量。本身會沉的，要把它的輔浮物移走。本身是船狀的，需有人在裏面把它鑿穿。

以上是我的補充。

* * *

土著應當知道這個島古稱舶寮。他們也許會知道島嶼兩邊叫舶寮海峽。但他們未必知道，舶寮海峽更古的名字叫賊灣。

若他們知道是處叫賊灣，他們會否開始思索他們的先人是誰，是甚麼的血液在他們的身體內流動。然而不論是兵是賊抑或平民，都是拜天后的。這天后在另一邊叫做媽祖。媽祖救人有很大量的故事，與天后救人的故事當等量齊觀。但正如許多故事一樣，不見得有故事便可信。例如我說賊灣對岸也住著賊，但那裏不叫舶寮，現在還興建了一個樂園的地方，會叫人相信與否。

現在這個島寧靜得看似與歷史和現實絕緣。

近來本市發生了傳染病，市民需要禁足，外出需戴口罩。漸漸這裏的人已對於禁足和戴口罩習以為常，竟覺得不戴口罩是不正常。

然而鬱在家中久了，到風聲較鬆動時，便喜歡來到這裏的沙灘，才忽然想起禁足的正常其實是不正常的，於是便都在這裏脫下了口罩。然而本島是本市的一部份，島民是本市的人，他們也遵守禁令而戴口罩，結果誰都變成了誰的異類。

島上開始出現了一些小型海報或貼紙：保護本地人，遊人請戴口罩。

除這些新告示外，本島還有許多舊有的廣告，被稱為本島特色的，例如店主不在的「預約占卜」。

有次，我也在十字路口一路牌上瞥見一張現在被本市視為違禁的張貼。

這裏彷彿與現實無關。這裏沒有犯罪，看不見巡捕，秩序都是靠島民自發維持，或天后庇佑。有急症便叫直升機。島民有解決不了的紛爭，才會叫巡捕來調停，他們會坐船從海峽的這邊或那邊而來。

這個島十分安寧。它處於僅半小時的航程之遙。人們喜歡這個海灘，除下口罩，下水時順道把秘密埋在潮汐下，然後以赤裸之身，成為面對白日的唯一武器。賣珈琲的年輕人尤值一記，好讓我在登船歸程前把故事丟失，好好的遺留在這裏。他萃的是珈琲，不是咖啡。至於傳主，除了她別在腦後的髮簪，我無法書寫她太多的故事。

15-5-2020

[redacted]

不是缺氧（我沒說我缺氧），只是呼吸
（是呼吸只是）有點困難
我深潛進同樣的空氣，是同樣的空氣
同樣的空氣只是變得（有點）
嚴密的稀薄，日子變了
深潛，像採珠人古老的傳統
不帶氧氣潛進
生活裏，自由潛水（即不帶氧氣）首先需要克服的
是恐懼，對於缺氧
痛楚和漆黑
多於仰賴空氣生存的實際需要，昏迷前
我知我尚有（說少不少的）時間

克服恐懼需要鍛鍊
包括不同深度所產生的恐懼
也要鍛鍊身體的機能
學習呼吸的方法，把肺量三倍的空氣
壓縮進肺內，此時每個肺氣泡的末端
都充撐成守宮肥厚的趾
固定
在牆上直至止息，時間
再無關涉
便可以
下水。頭部向下
水裏並無此路不通（正如你仍可
乘搭巴士上班，孩子仍可上學）它只是
要你服從它的（龐大的體）你要自由潛水
你便要學會在生活中深潛（深潛進

你的生活裏）下潛需要學習
把空氣從鼻腔中徐徐呼出，讓身體失去浮力
這是下降的代價
我的訓練是眼看氣泡不斷流走（與我逆走
的那些）而不動聲息，如止水
我要以我的頻率掩藏
逐漸頻繁的紀念，像以隱喻
騙過大洋中
每個與我產生接觸的水份子，直至
肺部進入塌陷狀態的時候，要克服的是（確實）
失去的恐懼，四周早已是
一片漆黑，這時
我遇見了上帝，以一條皇帶魚的形狀
出現，我要克服
渴望被拯救的恐懼我問

如果人必須懺悔，有甚麼不可以懺悔
（牠）說是的，連未來尚未發生的錯誤
或不是錯誤都可以懺悔
四周都是毫不講理的群
在黑暗中，隱晦都是多餘的
像隱晦也被揭發的時候，你才發現
喻詞都變成了猶大
像我
你要克服被揭發的恐懼
像一個隱喻被流徙（或像我
主動潛進）至更深的地方，當我感到
極度的寒冷，我的肺已被壓扁成
一張紙的形狀，和諧必然是
消耗其中一方而來，我由內而外都
極度痛楚，但克服的方法

不是遺忘，也不是訴說
是接受同時以我所有的
即我僅有的
骨架，抵抗這種渾厚的壓力
當隱喻都變成了槍聲（般響亮）
我已不必被代言，倘能
拒絕昏迷，當你捱過了這一關
身體會漸漸回暖
海床將近。但到了這刻
我仍未決定
是否把上次深潛
所掩埋在海床下的東西
挖出，上次把它掩埋
在海床後，我只得
一段回程的安穩，上水後

我便開始恐懼，那東西會否
掩埋得不夠深，或偶然
被露出表土，我是否需要
在掩埋之餘，再改良它
（隱喻的方式）容我解說上升
克服回到海面前幾米的誘惑，解除痛苦
是最大的考驗，潛水伕病
並不是一種病
切勿急於離水，正如切勿
在空氣中承認是次潛水一無所獲
但你能坦承是的
如你所想
我處身哪裏，哪裏便充滿恐懼

14-6-2020

其一

反正上帝是公正的，我還在期待
甚麼的天國。審判是公正的
當末日來到，日夜念誦的主禱文
變成歷史，不必憂慮
審判有沒有陪審團、可否聘請律師
在全知面前
這些人也要被審判，辯護不了自己
也不必聯想是否
由上帝親自主審，作供
便不必按著聖經
原罪可追溯至出生以前
程序上如何

依法憐憫，這些都不要怕
只要信。對於天國的降臨
我需要悔改
決志成為好人是不言而喻的
不必理喻的若可理喻
我們本應在亂世中談論電影的情節
或者像年青的伙子
借一本瘟疫，繼續在女孩子面前扮演憂鬱
討論一隻昆蟲的爬行，直至可以把牠討論至停止
直至我了解福音
我方明白十二緣起
為何生會排列在意識和行為以後
我理喻到
人試圖理喻他們本就明白萬事皆不可理喻
的不可理喻

我們都是時間的難民
失去了對比的自由
教我如何形容如舊
我發願在聖堂事奉
修補被踐踏的馬賽克
於尚能運用比喻的此刻
喻體必先能自圓其說
只要足夠謹慎
上帝也會寬恕我的

其二

最好我們只談情
其餘的都問上帝

默示解釋了紅線
因此上帝從未應邀

最好研究化石
或乳房崇拜
這樣的生命也可以很濃

最好不要看得太遠
習慣使用身體上的絨毛

船的脊骨在水上
研磨出水的脊骨
在任意詮釋著接受

其三

首先浪來自風
動蕩之下復次有汐
還自海床激烈的突變

——

風有微風，有猛烈的颶風
有恆久矛盾的季候風
月有盈昃
地有地震，板塊突然斷裂

——

於是有風浪、風波
大風大浪、惡浪、海嘯
潮汐，我上秒還乾燥的腳
下秒已站在禁區

——

我畏水，不懂游泳

——

海邊是不安全的
浪的邊沿在不斷變化
我已經在沙上寫了三十年的大字
仍未能聯絡
無所不知的上帝，我不過是請祂信守
祂的應許，祂卻創造了這些
垂直的斑馬線

——

因此你也不必向上看
也不必向下看
如果你濕了足，你必然會辨別得到
是詭異多於水溫

那種灼熱中透冷
——
如此的浪線
與逐漸自覺的不逾越，就像沉默
在完美的律動
——
那是很久以前的事了
嘴巴內是私人地方
只要話不出口
現在祂要闖進你的嘴巴裏
逮捕海風
把它押解回去
——
你可以把真實的說出來
那些事的確是真的，雖然你難以置信

你也可以相信那些無理的真實
然後默不作聲

——

陽光過猛
我選了一棵有風的樹影
光的碎片在我身上探射
如一絲不掛

——

我彷彿在木星上看見你的寂寞
只是我不是耶穌，我沒有
同情之術
祂創造了一批需要同情和被祂拯救的東西

——

你無法拒絕被擁抱
便學會在炎夏中談話

把話都談成蒸氣
我可以摘一個肺氣泡
給你留念

2020-6-30

[redacted]

對上一次見到他，是三年前他見報後二年後的今天。再次我突然想起他，在網上找他的名字時找到他的照片。他的三肢已完全萎縮，腰板已說不上是坐，而是攤在輪椅上，只剩左手能夠活動。照片中他正激動地揮動他的左手，面目扭成一顆乾棗。計算一下，六十歲的人不應有八十歲的樣貌。

再對上一次見他，是上網剛剛普及的時候，我把牢記著的他的名字輸入。這次他在巴士站前拍照，新聞內容是指他被巴士司機拒載的問題。他用自己的經歷為其他輪椅人士申訴，尋求社會關注。

相片中他大約四十來歲。室外陽光照射下，他的臉尚可辨認，只是苦成了泥土。非止愁苦，而是委屈，一種面對毫無道理可言的委屈。

同樣是訪問，二十年前那張相片，他穿著長袖襯衫。是次這張相片，已幾乎不能說那件是衣服。他的輪椅困在一間擠迫的公屋的正中央，幽暗而污穢。對於一個只能移動左手和面部的人，還能要求甚麼的潔淨。

報道說，每天有醫療工會到他家裏，協助他沐浴時反一反身，然後便沒有了。令我想起我第一次見他，他呼叫護士為他反身，那時他的聲音是親切而有活力的，令我也安心了一點。護士順便拿來抹布為他抹背。他反身後，我發現他後開的醫院服根本沒有綁好，一反身便露出了背部，已潰爛出幾個洞穴。三十年前的公立醫院環境相當惡劣，污穢的外牆、無數的病床、虛設的床簾、擋不住的惡臭、永遠人手不足而無禮的護士，晚上有阿伯終夜在喊救命。這裏只存在恐懼，莫說療養。

二天我便要求出院，因我恐懼。但他仍留在這裏，而他也比我早很多就在這裏，我也不知道他何時出院。

在那兩晚的經歷中我發現，無禮的護士對他似乎特別好。是他年青、富幽默感還是甚麼。後來我長大了總算明白，是因為同情，覺得他的無辜使人震驚。但我知道，這種同情再強烈，也是有限期的，也會因緣份而輕易結束。舊的護士離職，過她們的新生活時，還會回來看病人否。這種關係是萍水相逢，沒有保證，世上亦無甚麼關係和事情有保證。新的護士看見這樣一個長期病人，離他的病因亦越來越遠。

正如我，也只是他長期住院的其中一個過客。他不會知道我仍記得他，我亦不會主動去聯絡他，他能在我身上獲得些甚麼。

他在好市民獎狀上得到甚麼。他領獎的相片沒有甚麼欣喜，只有委屈。三十年後我知道，他那時跟我說的話的確影響了我三十年的人生，但在他個人而言，他正經歷一種樂觀與悲觀的交替。他極力想保持樂觀，因此靠安慰別人去尋求自我的肯定。我知道這樣的構造只是築在沙上，這樣的肯定必然會敗北。

那時我十七歲，讀中六，來年便要高考入大學。我是學校空手道會的主席，下個月便考黑帶。但某天一次普通的自由搏擊練習，把我的下巴打碎為四塊。我吐了滿口鮮血，在鏡中看見下巴已完全彎曲。我盡力嘗試把上下的門牙對齊，告訴自己沒事，但下巴怎樣也無法再合上。

那時沒有手提電話，父母上班後難以聯絡上，又要趕回家替我收拾入院物品。他們來到時我已在急症室獨自折騰了三小時，送我來的教練已經走了。

上病房，我竟被領到一張小孩也躺不下的牆角病床，牆上貼著「dental」字樣。恐怕是像我因「dental」入院的症不多，「dental」科只分到這樣的半張病床。我已撕裂了一吋長的牙床傷口已止了血，我沒事可作，便唯有從書包拿課本出來溫習，那是一本歷史科參考書。

手術是在第二天清早。無稽的我被送到「dental」手術室時，醫生跟我説安排不到麻醉。你這手術本應半身麻醉，但麻醉師要幾星期後才排到期，你的顎骨那時已開始埋口。到時才做手術就要重新折斷它，否則下顎就會永久變型。我現在可以替你打脱牙用的麻醉針，手術過程會很痛、很痛。

醫生好像是在給我選擇。那的確是一個選擇，荒誕的是即使你已沒有選擇，你從來不會沒有選擇。

首先要處理那個一吋長的裂傷，那麼就必須無端脱掉我一隻健康的臼齒。脱嗎，脱。拍的一聲便失去了。然後是縫針，我竟感受得到針頭來回刺穿我的牙床。是的，醫生一開始用麻醉針圍著我的上下牙床打了十數針，但根本完全止不住這種劇痛。他們看到我的拳、我抽搐的腿，他們也明白用一毫米粗的鋼線刺穿我上下顎的牙床，然後扭緊是有多痛。手術的目的是要把我的下顎與上顎固定，讓它用三個月不能張口的方式癒合，而這樣需要動用二十多條同樣的鋼線刺穿我整副上下顎然後扭緊。扭緊的時候是拉扯著牙根與牙根之間毫無抵抗能力的牙肉。

這些全是在意識清楚的情況下進行。手術做了三個多小時，我虛脫了，終於能在失眠了一夜後胡亂睡了一會。睜眼看見此後不久便離家出走了三十年沒再回來的姊來看我。我看見她，我竟大哭起來。剛才做手術我沒喊過一聲痛，但現在我大哭了起來。我是很不忿氣，為甚麼傷的不是傷我的人。為甚麼我口不能張，像盂蘭的鬼。為甚麼我平白沒了一顆牙齒。我不知道來年我怎樣考大學。我不忿為何我的床那麼小，為甚麼沒有麻醉師，而我就這麼大哭起來。

她走後，我又迷糊的睡了一會。起來，旁邊那個病人突然用他親切的聲音跟我說話。剛才的他都看在眼裏，水平的看在他眼裏。

你昨天有想過今天會在這裏嗎？

我別過頭，沒有作聲。他用同樣親切的聲音跟我介紹了自己。他是跆拳道黑帶教練，因幫手捉賊被悍匪在後頸打了一槍，以致身體及三肢癱瘓。

若我有機會再見他面，我不必問他如果有得再選擇的話。

如果他當天不從他的貨車上走下來，他不會拿到好市民獎，妻子後來不會跟他離婚，奪去他大部份恩恤金，把兒子帶到外國不再回來，然而她每從外國回來又會住進他公屋裏長期被她上了鎖的房間，不瞅不睬。若果人的關係有承諾，他的妻子理應願意照顧他，不會在他受傷不久後便離棄他。他卻在離婚後把大部份的恩恤金都贈予她，說是作為對她不起的補償。

還有，如果他不和那個賊交鋒，這個被判十七次終身監禁的悍匪三年前的假釋便與他終生癱瘓的身體無關，與他這三十年的遭遇無關，跟他激動地揮動的左手無關，跟他被巴士拒載無關。

這三十年我讀了很多的書，現在書櫃裏只塞滿最安全的書。也許我們要信教，那麼我們讓洪水浸死時也會感恩。我不介意荒誕，否則將趕不及預告明天。我只擔心在人人都懂得荒誕的時候，我不及別人荒誕，我的領悟不夠別人了不起。不夠荒誕的人只合做平凡的人，像被擠進同一軸承裏的圓珠，滿身是油，為大軸的轉動而摩擦，卻無法摩擦出一點感受。

6-8-2020

[redacted]

H城只剩兩間手繪瓷器店，我慕名造訪島上的這一間。店後有一作坊，可提供碟一隻、或碗一隻給人試畫。畫成後店主會代燒，然後寄回客人。

這個小島落在上文提及的賊洲和對面的樂園之間。賊洲是舊日賊灣上的海盜駐處。前往二島可從市區同一個碼頭出發。船繞出市區後，賊洲向南，此洲向西。向西聽說是極樂，故樂園更往西行。小島就落在賊洲與樂園之間。

此島不見繪畫於古地圖上，許或是並不起眼，未能作為航海的標誌。其名曰坪。坪即平，它又不若東邊另一個平洲那麼名副其實。坪洲南部有一個百米不到的小丘，說不上是高，也說不上是平。此丘名曰手指山，但一點不像手指。遊客來到，店家總會說，到手指山上走走？

説此坪洲不起眼，其實也並不妥當。島中央的沙灘形如半斂的碗口，是天然避風之佳處。史載高峰時曾停泊數百漁船。須知漁船即漁民的家，他們的家就漂浮在水上，上岸大抵只為交易和消遣。意即此海灣是一個數百家的聚落，云何不大。因此在古地圖上被隱去也是甚為無理的。

坪洲不平，手指山不像手指，重要但不見著於地圖，一切就像刻意撒的謊。落在樂園和賊洲之間，似乎有它被消失的理由。曾有這樣一段歷史，誌之島上一枚碑石上，是本島確實存在過的最重要證據：此地曾因賊灣海盜猖獗，官兵便借用這裏的漁船，潛伏在內，引誘海盜過來打劫。對於賊灣的賊而言，這是關乎欺騙而必須報復，對島民言必須隱諱，對誰而言都不光彩的事件。

説坪洲不重要也不合實情。自石灰廠式微，魚也無人捉後，島上竟出現了世界級的火柴廠，這是有悖常理的。石灰的原材料是貝殼珊瑚骨，廠設在海島上是理所當然。但火柴所需的火藥、木材均在陸上，把火柴廠設在海中心，實屬怪事。

最後，這裏甚麼都式微了，只剩島民和一個稱為平的海灘。但這海灘不適宜游泳，沒有島民會在這海灘游泳。

來前和我店主連絡過，她囑我預先構思一下，我想畫碟、還是畫碗、想畫甚麼圖案，之類。我說，我想把上述的歷史畫進去。店主很耐心的聽我說完這些怪事，她說，畫碗和畫碟是兩個完全不同的概念，作坊只提供其一，收費一百。

到底碗和碟有何分別，我於是沉思了五年。從用途、外形、材質去想，仍陷入迷失。一天我頓悟到原來是店主使了詐。她提供碗和碟，為何她刻意隱去了杯子。於是我明白到我應該選擇一個飲口的杯子，把上述的歷史畫進去，一飲而盡。店主說你不能貪，碟是碟，杯是杯，擱在其中的是碗，自有擱在其中的模樣。杯是這麼親近，碟是疏遠，碗屆乎二者之間。你與它近，是欺騙了遠；

你與它遠，是欺騙了近。因而它適合盛飯維生，亦只宜因此懺悔。你在上面繪畫多少、畫得多美、甚至把它畫成杯、或畫成碟，都改不掉它的罪過。

來此卜居的我聽出了憂慮。從前我還跟孩子說，爾父退休後將在其中一個島嶼隱居，不發一言。你們回Ｈ城，想來探望，也不外半小時船程，然而現實中一切法律的鬆與緊，似乎都將與僅半小時外的海島無關。而今我明白，一個曾經左右逢源的島嶼，必須要付出代價。

我由海灘開始畫起。我不知道那幾條狗就躲在船下納涼。到我走近，聽到了狗吠，已是避無可避。我看見三隻狗直向我奔來，我只懂拖著女兒的手，下意識用身體抵擋著狗噬。我只知道我必須如鋼鐵一般堅定，才可望把狗趕走。我一直知道，狗不懂人的想法，但很能感受到人的情緒。當你恐懼，牠便會入侵你的範圍，正如我現在闖入了牠們的領地一樣。

我甚至已聯想到被牠們噬了一口的情況，亦已無暇再照顧女兒。後來我想到，原來一個父親所謂的保護是那麼不堪一擊。若我手搏一狗，我根本無法阻擋衝向我僅在身邊二女的二狗。

我曾看過電視，學過怎樣咄退一隻狗，也曾成功咄退過一隻在鬧內亂吠的狗。這時，我立即以手指直指為首的二隻狗，用力撮口連咄數聲，牠們呆了半秒，但一隻已收掣不及，鼻子已撞上我的大腿。我看第二隻已沒有衝上來，第一隻也緩緩後退了兩步，便乘機再咄二聲，領先的兩隻立即掉頭，聳著屁股走了，走到三狗旁邊，三狗也跟著回去。

這時我才神魂稍定，才記起我仍一直拖著的二女躲在我身後，但要是三狗一同攻擊，我的身體對她是完全起不了保障的。大女呢？我竟現在才想到她，原來她嚇得走散了。若果三隻狗的對象是她、或轉向了她，我只能白白看著她在我眼角中被三狗撲倒噬咬。我無法擔當這樣的失誤，手術、毀容、性命，我為甚麼要帶她們來到這個海灘。

女兒事後自是很驚訝且仰慕我有退狗之能。我教訓大女說，有事你應躲在我身後，待在一起，為甚麼你竟走遠，知否這樣很危險。女給了我個鬼臉。是的，不及早遠離危險，其實是無路可退。

那一刻我也頗自滿於成功退狗。原來堅持站在原地，是真的有效的，連三隻狗也無法侵我半分。六隻呢？後來我看到船底總共伏著六隻。

這不是一個漂亮的沙灘，若真的被狗咬了受了傷，就真的不值了。這個島呈C形，海灘的出口如碗半斂，海水的迴溯力不足，灘上粗沙多、大塊的貝殼多、玻璃碎多、廢物也多，潮退竟露出一爿泥灘。有人開始在泥裏挖食物。島上的污水自灘頂流出，在沙上刻出一道道的痕，注進泥裏。這沙灘一點也不好看，沒有島民在這裏游泳。

回程時我對我退狗的自豪已消減了大半。回想那幾隻狗完全沒對我哏哏、露出尖齒與牙肉，來到也只是用鼻尖碰撞而不是咬下我的大腿。我看牠們其實不是攻擊，而是誤認我是牠們的主人或餵食者。因此除了最蠢那隻收掣不及撞在我身，其餘的都是走近便已停下。這麼友善的狗我還咄退牠們，怪不得牠們悻悻的離開。如果牠們真的要攻擊，我和女兒根本無路可退。

我也有點黯然，想到每個人搬家的經歷，不外是一種逃避不幸的欣喜，或無法逃避更加的不幸。搬到岸上，拒絕下水；或者搬到水裏，拒絕上岸。這小島在我卜居以前，就必先要離開。臨行前我在瓷器店買了一個店主親繪的杯子，繪有雄雞在早晨啼叫，甚是好看，但這無減我對這個島所感到的不諧協。

的士內竟聽到收音機播放著我舊同學的節目。他的語調變了，但聲線仍辨認得出。我相信他仍然是一位虔誠的天主教徒。

畢業後他的成績不好，前往不一樣的地方學習，經歷甚為有趣。他竟往了大漠學習㗎褺牧畜。我們與他已多年不見，他已成為了這方面人所仰慕的專家，而我還困擾於幾隻狗的來意。

他說，大漠中並無欄柵，羊被上帝賦予的自由與褺所賦予給牠們的自由並無抵觸，褺容許羊享受上帝給予牠們的自由。作為羊，則時刻受到保護，條件是貢獻羊毛和肉食。

19-8-2020

[redacted]

你在海馬迴的岸邊
繡出了一個小城，把自己
住進去。這裏陽光從來不缺
也不光。白是很陰鬱的顏色
潮濕得候鳥也患了肺病
呼出是水
我聽到許多人在水下呼喊——不是
我是看到
我是合上眼想到

你很久沒有修剪
失控地生長的大廈

似乎讓飛鳥在玻璃幕牆裏飛
比困著牠在籠中有效
於是飛鳥改變了牠們飛行的方式
牠可以一面嚮往天的遼闊
一面像貓一般舐著明天

你在迴聲的那邊
沒有人需要我去告訴
必須迂迴的説話也無法拉直
去量度這個世界究竟像個甚麼

也沒有人需要我去代言
趕在必須安靜以前

11-12-2020

我被領到一個地方
掀開我的嘴唇，檢查牙齒
秤重
打了一針
作了一個記號
然後把我放回場中
放歸自由

我從工作處
被領到另一個地方
掀開我的嘴唇，檢查牙齒
秤重
打了一針

我必須證明自己強健，才不會
被作記號
把我放回工作處

2021-1-7

[redacted]

我以為登上山脊
便能看見對稱的圖像
原來世界一樣糟糕
還聯結在一起
我坐在孤島上

一是下山，一是凍餒而死
是你要我告訴露水
一切將會好起來的

11-1-2021

[redacted]

至此
你應能拼湊出我的對岸
在何處
路軌的代言自掌邊止
前方是杯上留下的水垢
訛稱我是
徘徊乾燥的浪聲

17-1-2021

[redacted]

病的名稱如卵泡分裂
直至無人健全
得到這種病是一種榮耀
我變成了自己的割禮

在過犯都説成是不幸的時代
不幸都變成了過犯
唯有候診室是浮滑的淨土
如果上帝還租借得到來審判

隱喻正缺乏日照
生得軟弱不健康
身體像地獄在燒

醫生給我止痛藥

複診至能夠自證無病
你得到了待死的認證
恍惚回家，家卻已被白血球圍封
直至你出現否認疲勞

滴風不進
令我想起家是有室內氣溫
有可關的窗
有未被拆去的門

4-2-2021

[redacted]

從來最精良的地圖，都是征服者所繪
□□□□□□□□□□□□
□□□□，□□□□□□□□
□□□□□□□□□
□□
□□□□□□□□□□□□□
□□□□。□□□□□□□□□□□
□□、□□，□□□□□□□□□□□□
□□□□□□□
□□□□□□。□□
□□□□□□□□□□□
□□□□□□□□□□

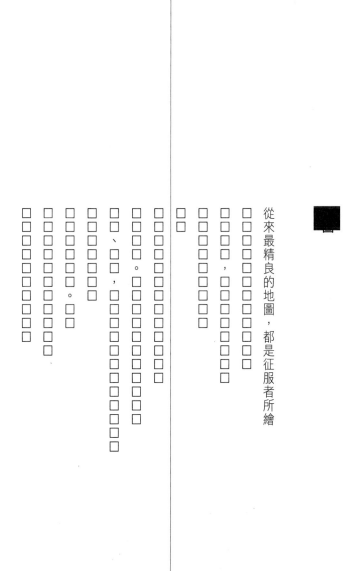

□□□□□□□□□□□□
因此地圖是最安靜的地方
□□□□□□□
□□□□□□□□□
□□□□□□□□
□□□□□□□□□

1-5-2021

記憶違法

我從此小心翼翼地學習一想起便清空腦袋
騰出的空間竟然是這麼寬闊
守法的人努力把抖出的堆在空地中央
一把火燒掉
灰燼旁有些散落的記憶像肢體
整個城市的火灰蒸上了平流層
鳥都無法學飛
自此萬物的輪廓和關係都變成了虛線一如它的設計
無間斷地間斷
沒有風險的大街十分潔淨
球場的看台也沒有閒人空坐
畢竟記憶使人討厭現在

他們保證事後
一切就會好起來的
他們的確沒有對自己說謊

3-6-2021

[redacted]

每個人的臉，現在都是厚厚的封面
一本長得比書頁還厚的怪書

商店的門長得越來越窄
直至只餘小窗，如舊式找換店

半張臉的事頭背後，今天多了一塊屏風
屏風背後可能坐著一個法官

有一對手把幾罐罐頭遞給事頭
他需要我打開背包，露出我的臉

我帶了兩本書外出，同時打開
任他在四頁之間尋找關聯

*　*　*

你已走了很久的一段於我是陌生的路
我無意翻揭你的不連貫

思舊是一把剪刀的支點
一用力便切斷了信任

張開也不見得安全
海就是為了說服誰，才淹死了自己

陰鬱是從怕事的人蒸發出來

陰鬱下盡是怕事的人
他們外出只相信自己，不相信得救
我也知道必須看著一罐罐頭，裝作虔誠

17-6-2021

[redacted]

思舊，只因不滿現在
像極了愛情

承諾都成了空言
我更須執著此刻的對錯

又向我投進一個榴彈，沒有韻律的
是恐懼，但可別爭相虔誠

你也知道只剩希望的徒然，不如思考
有甚麼可以做，例如送一束花
給那個拋棄你的人

與其守候曇花
不若送你生滿劣地的野菊，閃放即滅
像極了愛情

曇花比野菊珍貴
但正如一場戲，也往往比我們的人生偉大
我指被禁之前那些

如果我還未心死，我當相信
像我一樣失戀的人仍然很多
要從因為裏栽種出雖然

雖然現實已變得有點痴呆
草木已無法定時開花
像極了愛情

24-6-2021

我渴望有種新的黑
取代他們所謂的白

[redacted]

1. 把電影中被殺的人更換為動物，情況便很不同了。可知屠殺電影中殺人的特異性。

1.1. 電影也早已鄙棄把動物定型為失智、瘋狂。可以把動物的報復歸因最基本的天性，例如母性、家性。即使是怪獸片中的一切怪獸，都可應用此橋段。

1.2. 求生源於恐懼。恐懼比動物瘋狂起來的原因（即母性或家性）更加原始，可說是最古老的理由。

1.3. 母性與家性會在群性中衰減。將對方定性為群，是即將對方列為一種集體，而集體是危險的，其個體中的母性和家性便可被凌駕，為求生而屠殺便成為可能。

1.4. 殺人則完全是另一層面的事情。殺人有別屠殺其他生物的是，屠殺動物需要譴責和入獄，殺人所需要的是理由。

2. 大量殺人稱為屠殺，屠殺是反人類的行為，卻多為電影觀眾所不察，甚或接受。它需要伴隨著一個母題——未必是正義，但必須是惡／犯法的反動——也許可稱為相對的正義。

2.1. 因正義而屠殺一定不正義；相對的正義反方便屠殺。

2.2. 呈現相對正義的過程，必然包含一種戲劇成份。

3. 忍無可忍是必要的情節。

3.1 John Wick 是例外，他沒有忍耐。其他人物形容他是極度固執而專注的人，一旦被刺激起，便至死方休。但固執和專注本質上不是病，JW 性格的設定，只是一種正常而普通不過的性格的強化，因此角色也不以病態的方式表達。

3.2. 而是運用一種內歛甚至近乎差怯的方式演繹。

3.3. 這角色之所以在今天已可斷言為經典，因絕大部份人對於惡，都並非義憤填膺。人許多時不滿於惡，卻同時服膺於惡、麻木於惡、以至是惡的體制的一部份。他們對於惡的反動，渴望卻無法啟齒，因此 JW 正好為這種絕大多數提供了報復的愉悅。

4. 無情節的必要。

4.1. 經典早已不是高尚的專利。

4.2. 純粹追求感官刺激的電影，情節往往薄弱犯駁，傳統被視難登大雅。至而今，這類電影索性讓自身的脈動（impulse）推展情節，創造自己的價值，因此故事喜歡怎樣重複、矛盾、拉伸、牽涉甚麼人物、或突然去除甚麼人物，觀眾都懂得不再深究，樂於跟從。可知感官之欲有其對於人類的凌駕性，當觀眾本身的期望與電影取得共鳴，觀眾可以喪失合理之要求、原諒無理，甚至接納無理的地步。

5. 暴力展現的方式。

5.1 行刑從來都是一場表演，在乎能否成功導引民情。過量的暴力會使觀眾轉而同情受刑者。恰到好處的暴力，應該剛好能夠讓樂於圍觀的平民接受這種恐嚇。因此，掩飾暴力不是把暴力掩飾成無，而是由暴力本質上必然的過量調節成適中。

5.2. 群眾都相信被屠殺的眾有罪，那是說故事者必先虛構出來的事實。如是，被屠殺者雖眾，但相對大眾只是小眾。群眾中實質有懷疑者或不在少數，但在虛構的大眾中，自感是小眾時，沉默便換來更多沉默。

5.3. JW 殺人很整潔（neat），正如現代的屠殺與區區二三十年前的操作和形式已很不同。

6. 殺戮與尋常的共有空間。

6.1. 舊日的電影必定有人無辜受害。無辜受害必然令觀眾不舒服，以此呈現壞人的惡。

6.2. JW過人之處，在於殺手們有殺手們殺戮，他們穿插在平民中劇鬥，卻與任何人無關。平常人在別人生死逃亡之間，如常過他們的活。二者活於平行時空中，對觀眾來說，沒人無辜受害是安心的，任何被殺者都是活該的，因此亦可安心。

7. 擬擬人法。

7.1. 如1所述，屠殺人類畢竟是另一層面的事情。因此必先將對方定性為群，令他們的個性在群性中衰減，觀眾對這些人的關注便不會超越其感官範圍，聯想到他們的母性與家性。

7.2. 展示暴力的時候，受害者的樣貌也必須被模糊，否則觀眾會從他們的樣貌中看見自己。受屠者與對手的觀念不同：對手必須強大，至少虛構成強大，而相貌必須清晰。

7.3. JW 殺人變得娛樂化，半在其游刃有餘，半在被殺者通通面目模糊。

7.4. 若電影的本質是擬人法，屠殺電影便是擬擬人法。動作的設計越流暢，被殺者的目面便越模糊。電影在殺人的操作上，試圖再拉遠被殺者與觀眾的距離。觀眾不認為他們是人物，也不認為他們是人。

7.5. 不能説觀眾完全受制於電影修辭。程連蘇最有名的魔術是接子彈，每晚座無虛席，最後失手身亡。胡迪尼説，來看表演的，潛意識裏是樂見有人被殺——「只要不在我旁邊」。

4-6-2019

儒以文亂法，俠以武犯禁。韓子二者皆譏，因此吾人大都認為，二者乃並列而不相關。獨馬遷出，在游俠列傳中暗示二者乃因果之關係：以武犯禁乃以文亂法的必然結果。

游俠即黑社會，當然亦不是今天的黑社會。他們專門解決制度下不能解決的問題，而法律此刻已無能為力。例如有人以權或勢，鑽在制度或法律的空子間作奸犯科，就需要請俠去解決這種私怨。在上述關係中，動的是人，法律是靜止的。

另一種情況是，有些官員會利用法律或制度作為武器去製造不公義，此即亂法之儒。當一個社會進入文官政治，健全的文官系統理性，應能有效牽制武夫的行為。然而權力使人腐化，腐化的文官反而會利用他們所操控的法律和制度去欺迫百姓，甚或慫恿武裝組織濫權，以達到其目的。黎民對此苦無對策，於是游俠出焉，或被過多的期望幻想出來。此刻，儒所亂的法的確已是亂法，因此俠所犯的禁，乃惡法下的禁，非道德上的禁。

經驗是種會上癮的藥，對誰皆然。文官一旦亂法，就只會一直亂下去；武夫一旦嚐血，就會一直暴力下去。愚昧的亂法者對此總是始料不及，無法歸正，最後被武夫吃掉，或一同毀滅。同樣，百姓被剝奪的福祉，曾經有過便不能被失去，失去了亦不會遺忘；而俠之為俠，他一旦開始犯禁，直至你完結前也不會完結。

蘭保電影完全不符合以上論述。

蘭保1是對離棄的報復，是一個人的戰爭。蘭保2是利用他這種被離棄感，去救助其他被離棄的人，但事成後蘭保又再被離棄。由於形象與肌肉一樣豐厚，蘭保2是整個系列中最耐看的一套。而亦因此，當中用箭對準那個殺害他唯一所愛的人，把他射成肉碎那一幕，便尤為經典。

自蘭保3起，片子便拍爛了。蘭保3是純粹的英雄主義膨脹，而爛透了的是蘭保4。成功是種會上癮的藥，尤其對於上集經典場面的複製。陷阱、軍刀、重機槍、弓箭，是否非無不可，或純粹是賺錢的計算。本地有個墮落的歌星說過，聽眾來演唱會，是希望聽到一首歌原來的演繹，故不宜用別種唱法。拒絕進步是一切墮落的根源。承繼是重現，不是重複。重現它必定有其獨特的形式和背景，這放諸一切歷史或個人的經歷皆然，事情會重現，但沒有必然。這是許多史人的盲點：往往視野過闊，視年月為數字、遭遇為概念、不幸為事件、結局為命定，獨馬遷這些大史學家不然。

說回蘭保。蘭保4尚可一提者，乃將一個人的戰爭內化為一個人的心理戰爭，只是結局又因主角本人年老力衰，沒來由的把片子拍為群揪，以充撐其動武時間的質量，大類那些年老的舞王，身邊的伴舞越來越多。

蘭保5終於迷途知返，返回一個人的戰爭去。進場看戲的人，肯定已不是求甚麼突破，或許只是期待這種歸正。正如當一個人離場的時候，害怕起遇到□□，而不是本人犯了甚麼的罪，那種期待會返回從前一樣。

果然最後這個蘭保，從劇本依舊是壓迫與報復，到武器、受傷位置、以至對白的重複，依舊處於一種幼稚的鐘擺。若電影的目的是求市場的話，蘭保電影註定要丟失下一個世代。蘭保電影只著眼於他那個時代成功的模式，而不斷重複這模式，實質是在邊緣化自己。那是上畫第二天的夜場，純粹因為怕事，我選星期五較少衝突的晚上去看。那本應很多觀眾的時間，全院卻只有廿來人，更沒有一個年青人。進場的至少都四五十歲，或五六十歲。他們未必對電影有期待，或許只是不想有所或缺。

作為商業電影，面向的是眾的話，電影就必須善於聆聽。現在的商業電影，都已能讓各年齡層的觀眾，在電影中各取所需。例如敵視你的公主電影，從前是成人帶兒童去看的，到而今，則兒童依舊會看到童話，成人則會看到自己，男女會看到戀愛，平權份子會看到平權，同性戀者會看到同性戀。藝術電影固只須高馳不顧，但你沒有選擇把電影提升至暴力美學，而是繼續要面對眾的時候，你要照顧的不是自己的呼吸，而是別人的聲音，否則就只有提早落畫。

回到蘭保5。是次報復，是因為他嘗過了家的滋味。

蘭保的一切報復，都是受壓迫的報復，用自己的力量向加害者找數。他從沒期待俠的出現，而事實上也從沒有俠出現過。所謂俠，或所謂外力幫助，只是一種守株式的盼望。

於是蘭保私下去墨西哥挑釁，把那些殺死她乾女兒的現代黑社會引來自己的家，讓他們與自己失去的家陪葬。最後蘭保用弓箭把頭目的四肢逐一釘在牆上，然後走到他面前，用軍刀把其胸骨剖開，活取其心。沒有觀眾認為這樣子的暴力回應不恰當。但吊詭的是，當他們由觀眾的身份，散場返回現實後，他們對以暴易暴又未必會認同。也許是只有看電影的時刻，能夠解放一個人的包袱和顧慮，回到直觀的判斷。

一切行為皆為中性，放進語境裏才有善惡。

蘭保所面對的，在5裏是實際外顯的武力，在2裏是隱藏在制度背後背叛的暴力。前者有形，後者難以報復，因此最後仍然要放生那個賤人。在蘭保2，也沒有所謂的俠出現，俠只是無助者一廂情願的期望。倘世上有俠，那個俠必然只是那個衝破了自身恐懼的自己；倘世上真的有俠，受害者也必先努力自救，幫助你的人才會真的出現。

蘭保電影尚未出現過亂法者的暴力，即今所謂的制度暴力。對於報復，孔孟的看法是安其危、利其菑；馬遷則褒游俠，賤酷吏。

判斷是困難的，蘭保電影用了數十年時間，才完成了一次由反戰到好戰的鐘擺。也許離開電影院的人，需要更多時間去理解，或終生不解。文治社會我們相信的是法律和制度，若有酷吏以文亂法，我們所期待的俠，是那些能夠讓我們重返法治和自由的力量，而那個俠，就是我們自己。

6-10-2019

[redacted]

是犯駁的，又如何。我們掌握了接近事實的方法，卻發現事實幾乎都是犯駁的。而對於犯駁的，我們又有甚麼辦法。

例如，恐懼是種律法，不恐懼是根倒刺。

Dark Fate 一開始，T2 那個未來的救世主便被沒有發生的那個 T2 的未來派來的機械人殺死。Sarah Connor 說，那機械人竟然執行了一個不存在的未來的命令。

這比 T2 還要犯駁。T2 乃子遣父至過去誕生自己。在同一時間軸上，似還未有如是的可能：

1. 時間旅行之所謂回到過去，只是前往比未來較接近的未來。
2. 若未來變成過去的一部份，過去變成未來的一部份，因果互相抵銷，一切皆無法依恃而存有。

3. 若人有能力改變過去，入侵過去的誘惑又豈有窮盡，或怎能制約，過去和現在必然早已被尚在延伸的未來不斷解散至極微。

人的愚昧就在於不會聰明過來，這正是 DF 的設定。T2 的未來不復存在，救世主失效；但 DF 的未來正以 Sarah Connor 的一句說話而建立：人類總是犯上相同的錯誤。於是一個毀滅避免了，第二個毀滅還是會發生。

因此，DF 是重構與 T2 相同的經驗，而非重現 T2 成功的場面。Sarah Connor 說，那機械人竟然執行了一個不存在的未來的命令。這其實並不犯駁。焦慮或恐懼的機制豈不正是如此。多少極權是利用這個機制，製造不存在的未來去殺人。

追本溯源，世上一切災難，都是「群——愚——惡」的機制在運作。

Matthew：兩個被鬼附著的人在墳塋裏極其兇猛，沒有人能從那路上過。他們說：「時候還沒有到」，央求耶穌把他們趕入豬群。合城人都出來迎見耶穌，然後央祂離開他們的境界。

Mark：一個被鬼附著的人在墳塋裏極其兇猛。他們說：「我指著神懇求你」。耶穌問你名叫甚麼，回答說：「我名叫群，因為我們多的緣故」。城裏和鄉下的人，看見了那個鬼附的人穿上衣服，心裏明白過來，他們就害怕，就央求耶穌離開他們的境界。

Luke：一個人被鬼附著，被鬼趕到墳塋裏居住。他見了耶穌就俯伏喊叫。耶穌問你名叫甚麼，他說：「我名叫群」。鬼央求耶穌准他們進入豬去。眾人看見那人穿著衣服，心裏明白過來。他們就害怕，他們因為害怕得很，都求耶穌離開他們。

群，就是那些央求耶穌離開的人，那是經文中唯一沒有分歧之處。人總犯上相同的錯誤。

我一直在思考，是先有愚抑先有惡。我發現這是無從稽考的。人總犯上相同的錯誤，Grace 説那時：「第一天停了電，甚麼都沒有發生。第二天宣了戰。第三天他們説好了便回來，而第四天從來沒有到來。」人總犯上相同的錯誤，是故 T2 和 DF 的風格是無可避免的 despair and desperate。電影人物悟出了懺悔並不能學習和承繼，懺悔只能一次又一次的被重構。

自從人形成了群，離毀滅便不遠了。

人的本能是注意威脅。有了恐懼便有了群，或繼續強化已形成的群。群只看到這個群所看到的「事實」。當與其他群發生衝突，「他們」就必然是施暴者，「我們」必然是「受害者」。

即使比「他們」有壓倒性的武力，武力強大的群仍可把「受害時間」固定在從前的某點上，延續其受害心理，合理化自己不合理的暴力，這稱為「受害者競爭」。

必須救護同袍，即使他正在施暴。因為救護同袍，就是救護自己。

群的部落心理很容易產生，亦很容易被極權操縱，因為人總犯上相同的錯誤，人的愚昧就在於不會聰明過來。只要提供大量片面的事實、控制「受害時間」的論述、或散播仇恨言論，獨裁者便可輕易運用部落心理，興風作浪。

也許 Terminator 電腦出現的意識，正是這種受害者意識，它才會對人產生敵意，把救世主驅趕、或者追殺至死。

更好的未來是等不到的。電影給我們的啟示是：同一時間軸的未來的確無法干涉過去，但第二個未來可以干涉我們第一個過去。那麼，我們第一個過去也可以干涉第二個未來。

11-11-2019

無聊的時候也可
劃出天上的一隅
放逐你的上帝

我伏在堅硬的酒上
無計可施
時間恐怕已變得過於密集
每天我都需要維修雲層
成為我想它
成為的形狀
把雲梯伸出窗外
翻騰的半空
我無法阻止風的停歇
下方的濕路蜿蜒著離開
像我血管裏的血液一去不返
目送
我的影子轉了彎
像時間從無法順走

雨下死了一夜的木
地氣伸出了它的蛇頸
與我面對著面
問我可
何時停歇
我無法以酒醉密鋪平面
必須領養一把角扇
攪拌悲傷
已沒甚麼比天色脆弱
灌醉一風的木
叫飛行的都發了狂
苦惱的人都在半空亂轉
被密集的雨點刺穿
無人可以從黑夜中探訪失去

17-9-2018

語文裏只有一種時態，稱為未完成式。僅因未完成式的變格是多餘的，未完成式從來無法表達自己的時態，正如真理無法以語言表述自己一樣。沒有主動式的真理，未完成式也被各種偽時態竊據。

有甚麼可斷言為完成。一隻鳥的叫聲中止，是否可斷言為完成。風吹塌了一棵樹，風和樹是否都已完成。以過去式切割的過去，過去是否已經完成，過去式又是否已經完成。

這城市的湖底已經乾涸了，只餘湖面的一層水，懸浮在一種稀薄的張力上，那是腐爛所釋放的氣體。那層一戳即破的接觸面是否完成，還是創造未完成。

還是毀滅未完成。浮陸還未完成，陸沉還未完成。現在未完成的，過去未完成，將來也未完成。過去完成的未完成，現在完成的亦未完成。

結束只是運行的衰變，容許我們接受渺少，這過程永無法完成，直至我習慣了活在沒有我的時態，或世界從未變化一樣，未完成的從來不會完成。

喜歡跳躍，一著地便盡是憂慮。

像一個各方拉緊了的結，你訪問這種人生正處於甚麼時式，一個毛孔它所處的是甚麼時式。一顆石頭它代表了甚麼時式，已不再隱約的衰變是甚麼時式。

現在談的是文法。未完成式若有變格，就像一棵被吹倒的樹，可以自己站起來，就像那些未完成的鳥，像未完成的風，在未完成的流裏，未完成的停止。

未完成的死亡產生未完成的生存，未完成的衰變產生未完成的稱謂。未完成的滯留看著未完成的離開，像不應延宕的酒醉，明明我已經抓緊了風沙。

大風過後，電燈柱上站著特別多鳥，肩膊聳出牠的未完成式。孤嶺正閉目，任由星座未完成的重組。無法飛走是未完成的翅生得太長。或許牠尚未完成虛構一個浮陸未完成的沉沒。

因一切皆未完成，一切都有了永恆的意義例如喝水與失去，一切已出現的和未出現的。未完成的健康與未完成的衰退，未完成的聚與未完成的別，未完成的傷害與未完成的癒合，漸會發現，在未完成的真相下，一切都偏向了複詞偏義。

1-11-2018

沒我之頂
此芒草之洋
我自由了
自那泥土顏色的城市
是我自小學會抄寫的籍貫
雲上開出了許多眼睛
在此名為此地自由的地方
病人與神蹟一起排隊
發射塔說
龍尾在無垠
或許我只是留戀厭棄
瑣碎的確可以密鋪半生

滿足

於猛禽與猛禽之間
你的惡夢給予了我一個角色
我該怎樣的活
在我的所有裏
把蛹編織成鋼
入藥可治鎮靜
可治聲音嘶啞

16-2-2019

消除背景和時間，只剩下關係。這關係變得十分詭異。剩下的是一種沒有原因的關係，這關係就只有動與被動，在沒有地平的狀態下旋轉。

因此我才能遇見他們。在平常這充滿了背景的界，這些背景規範了關係，我是不可能遇見他們的。這個世界只要有軸，我們的距離就必然的被框定，在一些參照之中，關係可被理解，亦完全被誤解。這非是你把兩軸對倒就能夠顯出的真相。

在此徹底沒有經驗的界，我看見了他。他的動作似乎是在攀登一座已忘記了他的人沒有創造出來的山。這座山應該是存在的，只是沒有被創造出來。畢竟這不是一座被創造過的山。在一個忘記了他的人的記憶中，這座山從未出現過在其經歷裏。此山有路，但去不到我想去的地方。我想去的是去不到的地方，於是我需要抱石，從岩壁徒手上引。我知道我必須要這樣做，才能抽離於被創造而存在。我想觸摸一些創造無法顧及的細節，那些柔軟的石縫，只要你的手指比它堅硬。

此刻就只有我和石的關係。我赤身成為了壁面的反面，摸索那些無從施力的位置。他們都説這是一座無可攀登的壁，因為它並未被創造，因此攀爬中的他必然是真的。

移動是必要的，只有真正的隨機不能被壓縮，成為預測和經驗。雖然我是多想停留下來，維持著這種攀爬的形狀。

被創造的我有時會疑惑是否只是我想像被一個已忘記了我的人創造。我的確是被一個記起我的人創造，還是我創造了他們二者。天色你道甚麼的歉，灰不透的灰在揮舞的輪廓。沒有人知道我來了攀山。他們都説一個人不安全，我並不需要安全。那種岩石非常光滑，毫無施力點，可讓我結而為蛹。那本應存在的立足地沒有被創造出來，我也沒有被創造回去。

手汗如雨。

如果你變成了地圖上的一個名字，我攀石的時候到底觸摸了甚麼。那是根本不存在的肌理，可能就是忘記。

我用了一個夢的時間反省。那個夢很長，我一直把自己懸掛。的確我不知道自己能夠反省甚麼，我只能等待後果，或者更正確，是後果等待我的離開。這樣的我無從被曾經記得我的人創造，我只存在於自己的掌心中，一直冒汗，直至我握不緊自己的過去。

正在下一場不會停止的雨，說正在是比較多餘的，正如說比較一樣。我所攀爬的氣味的確已經消失了，我唯有停止，或者不停止。那時的我，正在思考為何我日後會變成這樣，而現在的我將會是那麼無知，對於舊日的我會否在某刻被創造。

23-3-2019

[redacted]

她的身體變成了一個 π
抱起了一條狗
如拔起一根倒刺

像一根倒刺般諱莫如深

然後拔起
便學會了沉默

也有這麼的人養狗
活在歷史沉默起來的
那些紀事

教人沉默之世

教人無法沉默，許多人卻學會
沉默起來，對於她的遭遇

這條驕傲的狗鼻孔向天
正好與脊骨變形的她
畫成一個圓

有些狗是很幸福的
有些幸福是可以用相對論
來計算

她的臂如蚱蜢的後腿
爬行的話
六足的不比四足的高明

說起來，我也多久沒見過蚱蜢了
對於常
當有一種極端的怖懼

你說這是一條必經之路
先是隱喻
最後沉默

你看他們的身體坐成了一片
低頭捲動沉默之世
如轉經輪般贖罪

這裏的草地都下了除蟲藥
蚱蜢成為了圈養
的鳥糧

她本身就是一個傷疤
從大街走進小路，此刻已旁
若無人

傷疤自有傷疤的模樣
像一條必經之路的
諱莫如深

希望拔去時沒有痛楚
只有她知道，即使學會
沉默，沒有人有不被拔去的保證

19-11-2019

[redacted]

一

活了這麼久我終於
說得出存在
對於存在
本身就有種怨恨

魚在酒精裏游泳
是你所說的意義否
他向我走來
身體卻越縮越小
像是河水漸漸沖散的渡頭
在失去面前

我連擲起一個漣漪的能力都沒有

如果我有凹陷的鼻子
我會安放一條座頭鯨
讓牠必須擱淺

身體是一種壓力下最小的形狀
意義本應生於水裏
才不致被空氣壓垮

誰不想成為但丁
我的想像沒有如此的跨度
豆燈夜行
據說就是我的所有

二

黑夜是一條座頭鯨
血液在隆隆作響
牠結實的肌肉在動亂

我從指甲的邊沿
把整個自己拔出

誰都是由別人拼湊而成
倒刺是唯一的自主

對於失去
那空出的鏡像
剩下的還是否一面鏡子

三

是它本身必然會如此
它才會變成如此
造物還沒證明
祂曾創造過任何的不變
不變的生出倒刺
盎然如植
彷彿我才是它們所結的果
在不變的擱淺
形成了岸
彼此都是缺乏維生素的產物
我相信倒刺之間

在生而被自拔之前
你與他
必定曾討論過明媚的意義

25-12-2019

[redacted]

淡然的味道是如此可怕
一切已播遷為以往
所不敢想像。原來吃喝
尚可繼續，只要
不入山林，那裏都是
游移的畏光生物
傍晚剛開啟的路燈不特別的亮
因尚有微明
景物沒有欠缺，但你會知道甚麼
將會隱退
我想起了一條斜線
幾隻落單的鴻翻滾出

倉皇的軌跡。然而這市
已失去了地平，無法追尋
牠等的結局
想像是無法弄清
那些被調音師敲打出來的聲音
對於潮汐漲退
我最好封口
以免沙礫告發我的秘密

淡然的味道是如此可怕
我以藥物感化自己
讓他噤聲，然後他便靜下來了
嘴裏不再詛咒
然而他靜下來以後
我耳裏卻滿是雜音

如軌跡一般抽象
勾勒出面目全非
原來這就是
應許的寧靜

清新是草木的血液
他們說當在雨季前移除
這棵樹已下過無數次
溫柔的惡夢
我把藥投進海
萬物就漸漸躺平
百憂解了，但現實沒有變
好的壞的都沒有變
我仍在暮色中不自由的獨行
回家，把印在口罩上的面目

小心丟棄

23-3-2020

牆上已沒有詛咒
行人路不必再有護欄
一切再無意外

我偏偏不懂明媚的意義

[redacted]

給了一份 SBA 功課，一批改便後悔了。

首先甚麼是 SBA。它叫校本評核，是 DSE 分數的一部份。NSS 以前，學生要升讀大學，須經過 CE 和 AL 兩次公開試。現在只有 DSE 一次，□□□話唔想一試定生死，何況學習本應是一個過程，於是將部份公開試的分數，以及評改的責任，連帶登分、上載樣本等工作，交回給學校。

而收考試費的是他們。我們是義工嗎？若是義工，像學生完成了 OLE 社會服務，主辦機構也會致函學校，向統籌老師言謝。若是義工，像那次我同事入錯了分，□□□就不會發給本校一封言辭不甚客氣的信件，鄭重提醒此事攸關學生前途，可大可小。

SBA有三個分數，每個分數又各自由不同的細項組成。兩個選修單元，每單元有「進展性評估」和「總結性評估」兩份功課，每份千言以上。而閱讀又分「質」和「量」兩組得分：「質」是學生於高中三年不同時段撰寫的長篇閱讀報告若干，「量」是海量的短篇閱讀報告。以上所有均須批改，而你亦得鼓勵他們多讀，然後再批改多一些。

最後我們會使用EXCEL中「隱藏欄目」的功能，得出每個學生三個簡單的分數。上述那位同事因年資較深，不擅電腦，入錯了細項的欄目。我被學務主任照了一點的肺，提出了兩個信中要求「防止類似事件發生」的措施，保證類似事件不會發生。

□□□要求我們把每個學生的分數逐一輸入每個格子內。無法使用剪貼功能，就是要強迫老師小心。三個分數輸入近百個格子，近兩年有老花的我也漸感吃力。分數上載後，□□□就會開始進行一系列神秘的換算。的確原始分數是不能信任的，每間學校的題目不同、給分標準不同、學生水平也不同。同樣十分，差距可以很大。於是，□□□必須找到一個可資每間學校能橫向比較的點，作為量度參考，而這又肯定會回歸到學校的等級以及學生個別的 DSE 成績。

經過一系列調整、「加權」後，學生的 SBA 分數，基本上與他們的 DSE 成績，其實大致上是一致的。而這分數亦不會獨立顯示，只會隱藏在卷三的等第裏，因此亦無從稽考。但大概可以這麼斷言：叻的學生 SBA 自然會叻些，水皮的就自然水皮些，其實並無意外。

在此不再其次 NSS、OLE 是甚麼。許多事正如 BCA、CEG、DLG 之類，其實學生也無需要知道。

還是回到那份 SBA 功課，一批改便後悔了。

題目：以中國文化中「天命」的概念，分析〈虬髯客傳〉中虬髯客放棄逐鹿中原的行為。

擬題是有點私心的。自小我便很喜歡汪辟疆那本《唐人小説》。〈虬髯客傳〉、〈補江總白猿傳〉、〈崑崙奴〉等，均精采異常，我總不時看了又看。從前課程沒那麼緊湊，我總額外加教一篇〈虬傳〉。這也是時代的反映：十多年前的學生會聽得十分投入，也會明白這是老師多付的心意和苦功。近十年八載，學生開始變得勢利，與考試無關的便不太願聽，部份乖的目無表情，大膽的會露出一臉煩悶的態度。教他們學習不能這麼短視，漸漸也自覺多餘。也不必等到心灰意冷，不知自何時起，這幾年的課時已變成了追趕進度的遊戲，而似乎我是越老越追不上。至於〈虬傳〉，這兩年已順理成章不再教，以至遺忘了也不覺得甚麼可惜。

我開始教書的時候，中文已由兩卷增加至五卷，現在又從五卷縮減至四卷，卷三卷五結合為一卷。學習中文，若沒有游刃和沉澱的時間，貪多務得，又怎會學得好，何況還有其他科目不斷補課，與你搶奪時間。而説穿了，聆聽説話和綜合的設置，大概九成只是為了讓學生畢業後，可立即進入商業社會服務，做個文員，最好像個一出生便會游泳的鴨子。我常想，這種對中文科無止境的「增值」，是一種不道德的僭建。

於是鐘擺又回到這邊。近年卷一、卷二、卷四、以至卷三都清楚要求學生認識文化，擬題亦趨近文學。對學生而言，就更是多上加深。因此〈虬傳〉的擬題，既切實際需要，又能鼓勵學生透過獨立的思考和研習，以應付 DSE 的要求。題目的確較深，學生拿捏不準是意料中事，只要看得出他們曾經下過苦功，嘗試辭由己出，我已打算從寬給分。

而剛巧 17 年 DSE 出了李翱的〈命解〉，靈機一動，想到利用「天命」的概念去解虬髯，可供學生論述的角度、題材和資料無數。作為題目，我深信這是上乘的設計，但作為給學生的題目，那是自尋煩惱的開端。

其實我大可出一道孝道或婚姻的處境題，師生大家好做。痛苦正是從這裏開始，是我不相信學生的懶，已不是我的期待所能改變。他們沒有認真完成這份習作，給他們一個月完成，仍舊是前一天才開始做，胡亂在網上拼湊一堆資料。結果是百篇一律的低級錯誤，但我仍必須逐份認真批改，因我們老師都深知道，這份習作攸關學生的前途，豈容疏忽。

而事實上，為公平起見，每次 SBA，全級的習作都交給擬題老師一人批改。我們全級百二十人，每份習作千五百字，即對於那些百篇一律的低級錯誤，須反反覆覆讀它總共十八萬字，才能改完整級，而且每篇下評。

能下甚麼評語。至於評分準則就更加多餘。改卷老師就是擬題老師，準則當然在我腹中。但因須向考評局負責，又必須把它寫出來。

下者，至少能讀通文本，知悉藩鎮割據的寫作背景，以及「天命歸唐」的主旨。中者，能洞察虬髯的形象，實乃李世民本人，因此李得天下，乃天命無疑。上者，能確切了解天命的含義，並用以評騭虬髯。

如此評分準則，由基本的努力開始，進而理解，終於比較運用。所謂學習階梯，可謂全矣。我接受一切言之成理的答案，不論角度立場。我希望學生覺得題目有趣具挑戰性，更希望他們會努力做好自己的功課。這份功課就是他們的公開試成績，他們須懂得為自己的將來負責。

在我收到的答案中，以這句最為有趣：「雖然虬髯放棄逐鹿中原，但他卻以海盜的身份，為李世民驅逐南夷外族，可見其君了處世之道。」

百二十份卷中，有百份是不遑多讓。

失望的事不贅，本身學生亦只需要知道分數。評語不必細下，但仍然下了，我仍希望他們會認真看看。也不必作課堂回饋，反正課時已是這麼緊絀，但我還是忍不住說。

你們在說甚麼？虬髯知悉李世民為真命天子，放棄逐鹿便叫知命？便是君子？是誰說過李世民是真命天子？是不是耶穌？就憑道士法眼？放棄半生的大略、志向與夢想，就叫做君子？你道李世民創造盛世是真命天子，那是倒果為因，低級錯誤。

這份功課不是配對，不是非此即彼。你可以不同意作者的說法，你可以思考。

天命都是無能為力的人說的。他們無法改變現實，但往往會在艱難的限制中不斷努力。當我們甚麼都做不來，我們至少可以保守自己的良知和理性，懂得獨立思考，判斷是非，不作愚昧的幫兇，此所謂窮則獨善。

因此儒家首重這種個體努力所展現的光輝，否則我們便不會讀〈論四端〉，明白四端在於己身的一切可能性。這種對每一個人的價值的尊重，乃一切民主思想的根本。因此我十分敬仰唐君毅、牟宗三等新儒家先哲，在那個只講共性、把人量化為數字的多難之世，肩負繼絕的使命。

你可以不同意，你可以思考。你們是年輕人，你們的思想應該是自由的。在你們的世界，沒甚麼不可改變。

25-9-2018

事實我無法説得出這些人任何一個的名字，或任何一團的名字。你説只是我沒興趣才認不出，正如許多女孩子認不出 NBA 球員或者高達一樣。我看這性質有點不同：藝人最基本的工作，是利用自己獨特的色相、歌藝或者演技，吸引觀眾對自己產生興趣，留下印象。觀眾沒責任先對他們感興趣，然後努力去記住他們的外貌。

每次我這麼説，總是得罪了不少學生，女的為主，男的也不少。但我是一個文學老師，我的責任就是要向學生指出，有品味的人，自會抗拒這種韓星。我説，你看這些男的，不男不女，個個塊面白過死屍；這些女的，個個個樣一模一樣，我實在沒本事認得出他們任何一人。

潮流這東西，在每個世代都會發生（説法是三年一個世代）。現在的男生，頭髮都剪得像一個蓋，然後配一副金絲眼鏡，情況詭異，相當嚇人。我常說，別人齊陰戴金絲眼鏡好看，是因為他這個人本身就好看。你看你像個甚麼樣子？若好看的叫美麗，不好看的叫暴露，你們這樣子簡直是暴戾。女生也是如此。不上學的日子，個個臉白大圓鏡，我根本認不得是誰。學生跟風是正常不過的，我當然不是貶抑。我的時代也不是個個學劉德華郭富城，再早一點就是張國榮譚詠麟？

我還記得自己穿了一條大蘿蔔褲，搭巴士的時候被一對情侶恥笑的情景。那時蘿蔔褲的潮流已過，已改穿直腳褲了。蘿蔔褲反過來變成愚蠢的象徵。「舊」，要麼拿來懷、或拿來笑、或拿來忘記，世情本就是如此。潮流是必然的事情，本來就無須抗拒。要抗拒的，是潮流中那些應該抗拒的部份。

我喜歡聽流行歌，但現在香港的歌和歌手，我也是一個都不認識。原因不是我貴古賤今，而是我根本聽不出那是誰，是誰在唱歌？從前的歌手不一定比現在的優異，但優異的，即所謂的「天王巨星」，在我們那個收音機的時代，他的聲音，必然是一聽就認得出是誰。你絕對不會將張國榮誤認作譚詠麟，也不會將梅艷芳與葉倩文混淆。即使是當時年青一輩的歌手，誰是陳慧嫻、關淑儀，你又怎會弄錯？這些就是那時的「星」的特點：各人都有其獨特的地方，讓人能夠緊緊記住他。

但情況到了九十年代，自從有了卡啦OK之後，便出現了變化。卡啦OK的出現與流行，就是讓一般人唱歌時不必再與卡式帶、CD或MD裏的歌手疊聲，也不用躲在廁所以水聲伴奏，老老實實的有一首潔白的純音樂，讓你當一回歌星（於是又出現了許多「咪霸」之類）。卡啦OK成為了售賣音樂的重要後續收益。在這種本質下，所產生的回流效應，就是流行歌本身不能寫得太高難度，否則就只有讓「咪霸」們出醜，自暴其短。從這時開始，流行曲的音域、歌功的要求，都向中間靠攏。光譜收窄的結果是，歌曲開始平庸化、一致化。即使有唱得的歌手，受到這樣的商業考慮限制，也難以展露其獨特的一面。記得在某次訪問，某譚姓歌星指導他的徒弟李姓歌星說：「唱歌最緊要係『禁（耐）聽』，不必太多技巧。」李姓歌星本是唱得之人，受這麼一點撥，就開始墮落了。及後果然，李姓歌星的獎越來越少；得獎的歌，也只因本身的旋律動聽，而不是他把歌唱得好，把曲與詞帶動出來。有一次，這名李姓歌星在錄音時，被作曲者評為「唱歌沒有感情」，成為了幾天的花邊新聞。這首歌後來得了許多獎，我看也不是李姓歌星唱得特別好的緣故。有說香港樂壇已死，已說了二十多年，我看箇中原因，就是這種庸俗化、一致化使然。

因此我有責任告訴學生，這些韓團，首先個個樣一模一樣。其次，你聽得出這團與彼團的歌的分別嗎？我看學生喜歡的其實不是歌，而是很整齊的舞吧。現在學生的天才表演、畢業班表演，自從韓流興起後，通通都是播韓歌，伞班一同跳韓舞（說實話只是領舞的那兩三個是跳舞，其餘極其量都是在扭，甚為壯觀）。於是我問到核心了：他們以唱歌為名，跳舞為實，那麼其實你們是在看，還是在聽？更重要的是，他們跳得整齊一致，整齊一致有何值得觀賞？若同步就是美，那不如看機械人跳舞？

這時女生們大多已怒不可遏，因她們手冊的包書膠裏，她們的偶像正被這位大叔誣衊毆辱之中。但礙於班房中老師的一言堂式獨裁，只差未能奪門而出，或賞我一記耳光。曾經有名女生後來告訴我，其時她把兩指湊在眼前，然後把我的頭放在兩指之間，一下捏扁。我知道她們甚麼都聽不進耳裏，但還是繼續這最後一問：是甚麼力量迫使你喜歡庸俗與一致？是像現在這種服從的力量，使你如此嗎？

所謂審美，或審美教育所學的，就是一種能夠辨別好壞、美醜、善惡的能力。在自由的環境下如是，在壓迫的環境下亦如是。整齊一致不是美，千人一面不是美。獨自一人的話，要能獨當一面；

在一個團隊裏的話，美並不是千篇一律，而是發揮個體的差異和優勢。我們不抗拒衝突、怪異、離經叛道，我們害怕的是靈魂的空洞。

香港的審美教育一向欠足。不必説本地人到藝術館看畫是如何高速，或聽完導賞當看完這些有趣情況。只需留意一下，香港的流行曲頂多一首四分鐘，相比日韓歐美的都要短，也説明了香港人對審美經驗的忍耐力較為貧弱。對美不執著，是道德上一種很大的缺陷。

一個出色的歌手，他必然會不斷突破自己的歌路。不求安穩、追求變化，這是一種美的探尋，或者自我的探尋。梅艷芳是真真正正的「天王巨星」，她的歌真的首首不同。我也喜歡聽林憶蓮，碟碟有別。的確，若能確立自己的風格，貫徹始終，已屬難得，但許多歌手往往在此裏足不前。例如陳奕迅，自從以 Band Sound 紅起來後，唱腔三十年來都無大變化。又如王菲，模仿 Sinéad

O'Connor 再混合鄧麗君取得成功後，就一直安於這種特性。還有一些歌手，本有很好的才華，但越唱越懶惰，以耐聽、「好賣」為目標，不斷自我複製，越複越模糊，則又在其下矣。我看大凡創作，都應該如前者，能夠掌握自己的聲音、創造自己的聲音。

31-1-2020

[redacted]

他們只希望你沉默。

小女在學校學劍擊，獲教練提攜，到所屬的劍校學習。起初的適應很困難，所有小朋友都是好手，小女每打必輸。妻那時擔心會影響小女自信，我說就讓我們多給一點耐性。上完堂，就帶她去吃點她喜歡的東西。

現在，小女在劍校已學得不錯，與同學水平相約，時有勝負。

然而家長中有許多是非常緊張的。練習中的比賽只是恒常練習的一部份，我通常都只是坐在一邊看。過程中看著自己的女兒打，緊張是必然的，也當然希望她打贏。她得了一分，或失了一分，不期然都會輕輕為她肉緊。

女兒不喜我在劍校看著她，所以有半堂我都落了街遊盪，趁最後她例行比賽時，才溜回去離遠觀看。有時不幸被她發現我在，從面罩裏也看得到她不友善的目光，我唯有嘻嘻的在笑。

有些家長則非常緊張，全程就站在旁邊，一直向著孩子呼喊。當孩子得一劍，大聲叫好。失一劍，就開始他們的鼓勵，從畀心機開始，努力加油，到緊張起來，便變成上啦，去啦，刺他啦之類。

有時慶幸我不是他們子女對手的父母。他們正在慫恿他們的孩子去刺我的孩子，然後在我的孩子輸給他們的孩子時，他們在歡呼叫好。我想到如果我是輸了的孩子的父母的難受，更感受到那些輸了的孩子的難受。他們只是幾歲大的孩子，一場普通練習的勝負，真的有那麼重要嗎？

我總是回想到當初給小女學劍的時光。一直覺得劍擊是很高雅的運動，純白的劍服，舉劍的禮儀。小時我沒機會學，如果學校的劍擊興趣班肯收小女就好了，也許她會長大成一個雍容華貴的少女。而且小女性格內向，讓她有機會面對不同的人，對她的成長極有助益。後來我更發現，劍擊除了讓小女變得更勇敢，原來劍術是這麼變化多端，也可以培養她的變通能力。到最後，總是希望她身體健康。

如果她能做到這些，我覺得就是贏了。我小時在學校學的是空手道，我和小女的性格和體型完全相同，膽小怕事、瘦弱、不懂變通，每逢自由搏擊練習，連初學的師弟都打不過。然而有一次師兄跟我說，你的格擋做得很漂亮呀。

格擋，在日文裏稱之為「受」。所有套路，均以「受」為起手式。有一套功夫電影，武術家問主角，要打倒一個人最好的方法是甚麼？原來答案是一把手槍。要打倒一個人，用拳腳是最費時失事的。從小我便知道，武術的價值在於修為，而不是你能夠打倒多少人或哪個人。近日世界上流行搏擊，大有復古之風，下戰書、講門派，結果中國功夫往往慘敗在綜合格鬥術下，然後網上便一片功夫無用之論。

其實打輸了有甚麼問題。打輸了是人的問題，不是武術本身的問題。而所謂人的問題，也不是個人榮辱的問題，而是領悟與互相尊重的問題。

執著一場比賽的勝利，會失去多少。你當初為甚麼送子女來學劍？我看都離不開和我一樣的那些卑微的原因，身體健康、幫助成長之類。是自何時起你的初衷開始異化？或許一開始你便矢志要讓子女成為冠軍，但這是你子女此刻的想法嗎？

你有沒有考慮你子女的感受和成長的需要？孩子要的不是勝利，他們需要的是快樂，或者在得一劍和失一劍之間，希望你們沉默。在他們沒有要求你鼓勵的時候，作為家長，又可否沉默一點，讓他們自己去經歷？有時家長會認為無時無刻的鼓勵對子女好，其實任何事情，都只有適時與適當與否，不論讚賞與責備、獎勵與懲罰皆然。

或許時常希望勝利的只是成年人。小朋友不視得失為一件事，他們只會專心聽教練的指導，嘗試學習和改善，或許這是成年人應該反過來向小朋友學習的態度。

然而更變本加厲的情況是，教練教的時候，家長直接呼喊入場中，叫子女這樣那樣打，甚至破口大罵。觀察到教練的反應也很無奈。劍校需要收入、教練需要支薪，有時就唯有忍耐，或學習不放在心上。若家長也可教劍，那麼你為甚麼送子女給別人教？你將子女送給別人教，需要做的就是沉默，尊重和信任你子女的老師。

我不知道我同輩的這一代發生了甚麼事情，為何要變得這麼急功近利。作為家長，我看修為的差別就在於是否懂得為子女沉默。在子女未有需要之前，你不必主動鼓勵他們、指導他們或照顧他們。我們都希望勝利，但是否就要將你心中勝利的方式教給子女，以致他們勝利時狂呼而不理對手感受，輸的時候擲面罩痛哭？難道這是你們送他們來學劍的原因，或學劍就本應如此？

冠軍只得一個，但勝利從不在與別人的比較，也不在一時之間。我覺得這才是體育的真義，也是立身在這世界的真義。

9-5-2020

不能霸道。說寫詩全憑天才，不能教，是極端霸道也缺乏邏輯的說法。似乎只有說這句話的天才可以寫詩，其他人寫得不好就不要獻醜之類。中國古代文論有不少類似的說法，「非乜乜不能明」、「非某某不能至」，這種句式，最不可取。

若一種學問只能夠由天才把持，那麼愛恩斯坦之下的科學家便不必成為科學家，艾略特以下的詩人便不必成為詩人。不知道說「只有天才能夠寫詩」那些人是否比愛恩斯坦或艾略特更有天才，否則他們又怎會成為科學家或者詩人。

世上沒有不可教的學問。誠然，要去到某種學問的頂端，的確需要無比的天才。但沒有天才，就不可以從事那種學問了嗎？教育是讓人類不斷演進的事業，讓多一些孩子接觸科學，下一代人的科學水平便會水漲船高，天才出現的因緣也就越充分。同理，為學生提供寫作的土壤，我們是在培養天才，而不是被動地等待下一個李白。反過來說，徒有天才沒有土壤，天下埋沒了多少個愛恩斯坦和艾略特。

不是天才，也有權利享受創作，以創作自我實踐與完成。你老是要與蕭邦比較彈琴，而你根本無法叻得過蕭邦，那麼你不如不要開始。如果你開始了，而最終都係證明無法叻得過蕭邦，咁你一生所彈的琴都是白彈。你要這麼一生與人比較，依附著別人的形象生活嗎？莊子齊物的意思，就是從生命主體而言，每個人都是獨一無二的。我和你都是父親，但我是我女兒的父親，你是你兒子的父親，我生存的意義，就是活好只能由我活好的我這個獨一無二的角色。齊物是在生命主體獨一無二的意義上齊平。唯一，便無法比較。你寫你的，我寫我的，干卿底事。

我的創作是我的，因此創作是最終的自由。無論處身的境地如何，沒有人可以取去你的想像。也許不必很久你便會明白，想像是你唯一仍然觸摸得到，名叫自由的東西。日頭返工、夜晚家累、上拉下扯、中年危機，但沒有人可以阻止你走路的藝術（魯熱維奇詩集名稱）。想像從來都是自己放棄的。我很害怕缺乏想像力的學生，為甚麼他們的想像力這麼年青便沒有了。

想像需要訓練，因為人不習慣運用腦袋。最好把想像養成一種習慣，漸漸發展成一種必要，最終是一種使命。

我討厭指令式的作文，但教曉了你甚麼是排比，然後用在作文裏，這是無可厚非的學習過程。然而我更討厭的是，當你長大了，仍不懂得思考這個框架的存在和限制，那就實在是枉讀了一點書。正如人應該怎麼活，我們希望寫出一篇怎樣的文章，我們就要努力去思考它的寫法。

寫友情，男生通常分享了零食，便和對方兩脅插刀；女生呢，交換日記、互通短訊，然後一同去廁所，就是最好的朋友，但最後必定絕交。這種寫法可以由小一一直延續至中六。最近我在一班中六説，我看不出這篇文章中友情和去廁所的關係，現在連坐法，給你們十分鐘，二百字，把去廁所同友情的關係寫出來。我也一塊兒寫了幾句：也許我們的友誼就像洗手過後，甩過、抹過，那種依然濕潤而抹不走的感受，埋藏在關節和紋理裏。它始終是會乾的，但給予過我一段時間的潔淨，形影不離。

上述是真實的胡説八道，當然不見得好。但我常跟學生打趣説，是奧運金牌跑得快，還是他的教練跑得快？老師從來不必比學生優異，但學生一定要有超越老師的志向。老師應當是善於把自己埋在土裏的教練。作為老師，若能成就自己，就要懂得成就別人；若已無法成就自己，就更要懂得成就年青人。

一個好的中文老師，必須能夠令學生愛上中文，同時協助學生考好個試。我時常思考如何在考試的框架下，培養學生「寫下去」的興趣。無數學生的寫作經驗，至文憑試便戛然而止。自由創作與寫作卷的確有分別，學生視考試如仇，總是著眼於二者相悖的地方，忽略了它們的共通之處。因此我們要能出能入，善於在框架中遊走，更能從限制中脫出。但唯有真正自由的創作，而非指令式的作文，才能證明你是你生命的主體，而不甘成為客體，被分析、被評分、被歸類。

9-10-2020

在我問問題的時候，我想起了數十年後他問我問題的模樣。老師一直以為我有自閉症，他在家長日時也向我的母親透露過這點憂慮。我的確是全年上課沒發過一語。這時我不知來了甚麼的勇氣，把右手舉起來。我很在意舉手時沒有把右肩縮起，像個傻子的模樣。而是舉得很優雅、很堅定的樣子。老師驚異於差不多到了學期終的這種天啟，立即把全班同學叫靜。老師是學校的元老，同學都服膺於他的權威，氣氛一下子便靜了下來。

這種靜又不禁使我聯想到，到離開這間學校前，我還是一樣的寡言，只是進步了一點。我不是害怕權威，我只是有種適應的困難。到我適應過來，幾年的時光早已過去。現在教我的是一位溫柔敦厚的老師，但他的溫柔是堅定的、充滿學識的，比剛才初中那一位更有權威。他從不責罵學生，因為他一進課室，就沒有學生會越雷池。

要去問他，需要一點勇氣。他不罵人，我也沒做錯事，而我也不害怕權威。我從一次他提及六祖，把他的老師説成是達摩時，我知道老師並非完人，有錯我不必直接向他指出，也無損我對他的尊重。將來我們不會記得老師教過甚麼，只會終身記得他的態度和作風。誠然，那次我鼓起勇氣到他的教員室去，我已忘記了問過他甚麼，大約是另一條關於陶潛的問題。我只記得他無法把我解明，最後我裝作半明的謝謝他，因為他已盡了力，反覆用不同的角度嘗試把問題言明。這與一開始那位老師有點差別，他是不懂的，但他選擇供給我一個想像出來的答案。那時我剛進中學，同學和這位老師都訝異於這道他們無法想像的問題，而結果是，老師用胡謅的方式過了關。同學們每一個都相信了這個權威的答案，但我並沒有相信。這個問題我一直收藏在心中十多年，至我去到另一間大學，有足夠的資料可以翻查，才解得開答案。我知道除了我自己，沒有人能給予我答案，我要克服的問題是我自己。這位老師不知道他的想像變成了一條絲線，我像自閉症一般頑固地把這個鉤咬著十多年。不論他的答案對與錯，我必須感謝他為我提供了一個可以詢問的安全環境。在這環境下，不論老師答錯、不懂，也無礙把學生培育成材。

不像我小學那兩個老師。數十年前的屋邨小學過的真的有點魔幻現實。狹小的六層校舍突然會擴大和升高，據説是因為後來的移民人口大增，但過幾年後卻完全荒廢。一切就像太陽老化，膨脹成大紅星，然後突然圮塌，被自己的重力壓死自己。半數的老師不是老師，而是把你視作仇人的人。在孩子眼中，那時校園變得那麼巨大，拉闊的連同是學生所感到的怨恨。

我説，魔幻現實才是真實，你們考完公開試，建議你們去看馬爾克斯，或者另一位拉丁美洲作家馬奎斯。考公開試是為了現實，看馬奎斯是為了魔幻的現實。這時，有一條魚從鋁窗游了進來，一直在教室上方徘徊，撥動著教室內柔和的空氣。大部份學生都睡著了，只有很少的，會保持彼拉多來前的警醒。

大概是問題太深，他解不明白我是完全諒解的。後來我回想起來，我應該是問他〈歸去來〉中「既」與「奚」句意上無法產生連屬的關係，這兩個連接詞如何產生關連。我知道這位老師是看得起我的，我是那種不作聲的古怪學生，一發問便要見血。他起初教我的時候，作分組報告，我單人交了一篇四千字的議論文，論證李廣田並非每篇文章都與時局有關。那時的學生，閱讀遷移的能力是不言自明的高，讀完一篇〈花潮〉，便覺得篇篇均應如是解讀。時代不明便須存疑，上大學第一次聽到「知人論世」這個詞，我初中已知道這種方法。我也知道，時代的呼聲往往是激情的，但必流於枯燥淺薄。表達時代，要看到當中的永恆。老師對我這篇文章是讚賞的，他只在我的習作上批了甲等，然後寫上「有高見」三字。這三個字，就把我像魚一樣從絲線上釣起。有時我很懷疑坐艇釣魚那些人，魚這麼肥大，魚杆這麼幼小，怎樣拉得起一條不成比例的大魚。後來我看電視發現，除了魚杆和絲線的構造，漁父的技術和經驗是最重要的，太鬆魚會甩鉤，太緊的話，多韌的絲線也會扯斷。

於是我在他上一篇文章寫下了這樣的評語，「留意節奏」。甚麼是節奏呢，我沒有解釋。我知道他應該不會來找我，但他會一直留意著這個問題，直至他自行找到答案，或需要一點指引時，克服了自己的他便會來找我。是的，他並不會害怕我這個權威，他要克服的是他自己。

魚游進來的是鋁窗，從前的是鐵窗。我記得我與一個全級體型最龐大的同學打架，差點被他從鐵窗掉下去。我是全級最瘦小的，但我一點也不害怕這個同學，我也並不如老師認為般那麼默不作聲，我也不是他們所認為的自閉症。從我現在對過往的展望，我估計我將會患上輕度的阿士保加，因此固執、難以適應，到了中學中期會見消退和好轉，這些特徵完全吻合。只是未來根本再沒有阿士保加這種病的定義和稱呼，但這種病是一直存在於部份人的精神內。我對於同學反而是過份的多言，無法控制；但對於上課，我是頑固的認真，同樣是無法控制，而不是能夠克制。我認為問題不是隨便問的。我不害怕老師的權威，我只是恐怕自己問得不好，會令自己被自己侮辱。

這是一種個體內的失聯。我不容許自己輕易發問，也不容許白己輕易回答。自問自答都是孤獨、憂鬱的人，而我內中是一片拉伸的荒漠。對於對答，我是徹底的執著。我時常在思考問與答成功的機會率，結果是零。因為有些話，實在並不好說。

幸好我那時沒有像魚一樣游出鐵窗外，否則我便沒法在學生第二篇文上寫上相同的評語。自從我介紹了馬奎斯，便出現了一篇令我意想不到的仿作。

我希望他知道，有些時候，不是你問，就必然會有人給你答案；不是你説，別人就一定會警醒。因此，在這失聯之世，你要把你的疑問化為節奏，讓它以另一種方式去保留它的意義，如同粘在油漆牆上的膠紙。正如我也想像不到，我今天需要用馬奎斯作為教材，要你們特別留意當中真實與虛幻交換的節奏。文學上，一種被隱藏在節奏裏的內容，的確較無韻的呼喚更易保存。他會來問我，我是預計在內的。因為評語是我寫的，魚也是我所幻化的，我要用更精密的方法把牠釣起。

以上其實是教學法的比喻。現今教學，老師不再是單方面的傳授知識者，更應該是啟導者，啟導學生自行尋找答案。

如果我是文中的第一位老師，我會選擇説不知道，而非眼球一轉，説出一個幻想出來的答案。畢竟在那個時代，家長不會時常投訴，老師說不懂是安全的，社會不會因此質疑你的學歷。當我在中一回望研究院那時，我知道我所問的的確很深，要老師答得到是強人所難，但他完全有不回答或說不懂的權利。我問：為甚麼桃花源裏的人的衣著會悉如外人？

那位很有權威的老師答，這是，因為魏晉人的衣著與秦代的衣著無大分別。其實他大可說或許源裏人一直與外間保持有限而秘密的溝通，啊，文首那條很可能就是秘道，即像第五十一區，一直默許它但又隨時不承認它的存在。又或許可以利用生物的演化理論解釋，說既然桃花源與外在的環境非有極端的差異，本是同根，衣著也不會差得太遠。何必扯上歷史這複雜的問題。

高中我首先翻查《中國古代服飾研究》，已否定了老師這說法。我已了解到兩種事實的差異，我所欠的只是一個合理的說辭。這時我意識到，所謂事實只是兩個答案之間的疑問，只是腦細胞之間的突觸，是一種創意，也可以隨意的挪動。老師說無大分別是對的，難道魏晉的衣服是單袖衣，秦代的衣服會露出私處。

於是高中的我發覺，我在研究院所找到的答案是多餘的。沒有人需要這些，即使需要，知道了事實也沒辦法填飽肚子。而且當事實與另一種事實衝突，會正如物質遇上暗物質，會炸毀半個地球。因此我喜讀陳寅恪的〈桃花源記旁證〉，一下子把秦晉縮成了當代，把兩端的答案縮成了一個，移除了問題，簡直是神來之筆，像把樂譜上兩條小節線擠壓成一條，變成了「1」。

於是我告訴他，這樣的譜只保留了拍子和節奏的記錄。他聽我用了這麼長的篇幅，去說明文學的手法，像手風琴般由「1」拉開成一張皺摺的弧，又一下子把它壓縮成一個「1」。於是他處身於明與不明之間，處身於答案與問題之間，處身於可問與不可答之間。這就是真正的問答。

在街上拉琴時我想起了另外兩個老師，在我被衛生幫驅逐以前。

小學那個老師，不知為甚麼這麼討厭我。有一天我被另一位老師帶進教員室，經過她面前，看見她看著我很鄙夷的笑，她幸災樂禍的樣子我到現在仍然記得。到底她為甚麼這麼討厭我，現在看來，可能是我小時的阿士保加。我對我自己說，千萬不要成為你討厭的人。我數學很差，但差成這個樣子，又與另一個小學老師有關。我讀的是好班，自然大家都很著緊成績。他宣讀考試結果，最高分的有幾多分，是那一個；至於最低分那個呢，他低聲說，就三十六分。我無法忘記那一刻他刻意壓低的聲線。他雖然沒有指名道姓，仍令後來獲發三十六分那份試卷的我羞愧得無地自容。自此我便無法計數。中一我仍舊被數學老師叫出去，站在教師桌旁大聲羞辱。她只道我是壞、是懶。

我們沒有問答的空間。我只能答，不能問。

直至我遇上我的補習老師。有一次他著我證明兩個三角形相似，我做出來的答案，結論是兩個三個形不相似。他看著我的答卷，忍不住哈哈地笑，但笑得很溫和、很親切，我也忍不住跟著笑。
然後他留我下來，很耐心地教曉我，天已入黑。

23-3-2021

[redacted]

自小我便被教導，談吃是卑下的。讀書人應該追尋真理，實踐價值，吃喝玩樂是不像話的，看飲食節目是可恥的。誠然，飲食節目真的大多甚不像話，嘻嘻呵呵好像世界只剩下食玩瞓痾。最有趣的是，主持的語言永遠貧乏：好吃，真好吃，超級好吃，超級勁好吃，正如海明威說，三流作家最喜歡用副詞，最後甚至只剩下單音節的喧嘩。

我一直被告知吃是卑下的，彷彿在這個世界裏，吃是真的毫無意義的，我大可荒廢掉我的味覺。吃的時候居安思危，在我往後的日子裏，固然我認為這是對的，甚至需要如履薄冰。然而，在這個告訴人「吃即卑下」的文化中，它的真如實相是，吃是平民百姓的第一大事。沒得吃的時候，吃固然是大事；當富了起來，吃甚麼也是大事。彷彿這文化正是想你鄙視吃，但又只記著吃，在正反的消融中，讓你喪失對生存的判斷。

其實文學並不比那些飲食節目高明了多少。我敢說，古今中外，沒有一篇關於吃的文章是寫得成功的。我們知道世界上許多事情是無法言說的，正如狄更斯說，你怎麼去定義一隻馬。於是文學家很自信的說，當無法定義的時候，我們有辦法去呈現；當哲學無法表達一種真相，我們能夠反映這種現實。但如果我們要呈現的是一種食物的味道，那麼，在我們的印象中，有哪一篇文章是曾經成功正寫過一種味道的？當我們分析這些飲食文學作品，便會發現，它們幾乎無一例外地變成了描寫製作的過程、食材的質素、進食的情狀、甚至盛器的高貴，或者只淪為引入另一種事理的工具、說理的手段、體會的喻體。而當你去劃分那些對食物的正寫，你會訝異它們篇幅的短小、用字之匱乏，來來去去就是甜酸苦辣這幾種味道。即使曹雪芹也離不開這種困局，《紅樓》第四十一回是很有名言吃喝的一章，你看劉姥姥說來說去，就是「細嚼」、「香」、「怪道這個味兒」，然後王熙鳳竟談起食譜來。你道是劉姥姥不識字，那麼至櫳翠庵品茶時，寶玉對茶的描述亦只不過是「輕淳無比」，然後便「賞讚不絕」。至妙玉與黛玉對話，亦只言水質。今人有篇文章言吃：「但我品味著『酸』的時候，還是不能了解，為甚麼母親頓頓飯都吃苦瓜，極苦極苦的瓜，加上極臭極臭的豆豉，加上極辣極辣的辣椒，極鹹的小魚乾，用熱油爆炒，還沒有吃，遠遠聞著，撲鼻、陣鹹、辣、臭、苦，嗆鼻刺激的氣味，嗆到使人喉頭都是哽咽，嗆到眼淚止不住」，是為這種困局的典型。

文學家尚且如此，就無怪乎節目主持說到詞窮時，只能改用外文太息「愛矣斯而已矣」了。於是文學家便要重新思考文學的出路，又終於被他們想通，可以運用比喻啦、通感啦、側寫啦，去呈現不可言說的味道。

然而這樣比來比去是沒有意思的，例如你說「荷塘邊，微風過處，送來縷縷清香，彷彿遠處高樓上渺茫的歌聲似的」，實際上除了清香本身，這句話沒有因為歌聲而說多了多少。通感也是沒有意思的，「塘中的月色並不平均；但光與影有著和諧的旋律，如梵婀玲上奏著的名曲」，若改寫成「梵婀玲上奏著的名曲，它和諧的旋律，有如荷塘中不平均的月色光影」，其實一無所失，其實也一無所得。如是這般通來通去、比來比去，說來說去其實也說不出事情的正面、它的真相，那等同於你活在一個別人為你下了定義的世界，你離開不了他所施設的幻象。

我也如此。例如我喜歡吃芒果，每當我吃芒果時，我總連結起小時候見過的一本書的封面（書名已不記得）：一個人正在雙手舉起一個碩大的芒果。我不喜歡這種通感，我很渴望在我吃芒果時，我只吃到芒果的味道，做到心一境性。我知道實感是存在的，雖然我活在這個言說無效的世界、這個味道被奪的世界、這個別人為你下了定義的世界。彷彿是一個扁平的世界：這裏本來有山川地理、有丘陵、有愛憎、有價值、有個體的需要，然而都被省略、被壓扁，而為地圖、為文字、為圖片、為數據、為記錄，最後被檢閱，或者被遺忘。我們知道有些感受是無法正面描寫的，這時我們要緊記，要保持自己的味覺，即使在一個索然無味的世間，我們還要保持吃的優雅。

17-4-2021

目錄

無題
無題
無題
無題
無題
無題
無題
無題
無題
無題
無題
無題

無題
無題
無題
無題
無題
無題
無題
無題
□□
無題
無題
無題
無題
無題
無題

無題
無題
無題
無題
無題
無題
無題
無題
無題
無題
無題
無題
無題

1-7-2021

趕在無聲之前

作者　跂之

出版　文化工房
電郵　admin@cplphk.com
電話　5409 0460

香港發行　香港聯合書刊物流有限公司
電話　2150 2100　傳真　2407 3062

出版日期　2022 年 7 月初版

港幣定價　$128.00

國際書號　978-988-79553-2-0

上架建議　散文　香港文學

詩文中直線、屏蔽與方格，一仍其本，並非錯印。